KB263351

최애를 조심하세요

손 장 훈
장 편 소 설

위즈덤하우스

차례

프롤로그

내 인생은 지극히 평범하다. 특별히 잘난 점도 없지만 특별히 못난 점도 없는 어디에나 있을 법한 중학생이다. 키는 172센티미터 정도, 마른 체형에 이목구비도 그저 밋밋하다. 뿔테 안경까지 포함해도 어디서나 볼 수 있는 흔하디흔한 인상이다. 피부 상태가 좋다는 게 그나마 장점일까.

있는 듯 없는 듯. 이제까지 나 황병찬의 삶은 항상 그랬고 앞으로도 그럴 것이다. 그렇게 믿었기 때문에 이런 일이 나에게 생길 거라고는 상상도 하지 못했다.

"부탁해! 나 좀 살려 줘!"

인기 아이돌, 서민영이 간절하게 내 손을 잡으며 도움을 요청하다니. 학원을 마치고 돌아가는 길, 편의점과 학원이 있는 블록에서 조금 떨어져 조명이 아슬아슬하게 닿지 않는 어둑한 곳을 지나던 참이었다. 서민영은 후드를 눈썹까지 당겨 썼다. 내 코앞에 바짝 매달리지 않았더라면, 갑자기 달려든 사람이 나의 최애 서민영이라고는 절대 알아차리지 못했을 것이다.

"어, 서, 설마……."

"쉬잇!"

서민영이 손으로 내 입을 가렸다. 너무 좋은 냄새가 났다. 손과 입이 맞닿았다는 걸 깨달은 순간 정신을 잃을 뻔했다.

"곧 이상한 사람들이 와서 날 봤냐고 물을 거야! 못 봤다고 해 줘. 제발!"

서민영이 싹싹 빌기도 전에 이미 나는 마음을 정했다. 거짓말을 하기로.

"알겠어요."

나는 나쁘지 않다. 남자라면 누구나 다 나처럼 행동했을 것이다. 대한민국의 절반이 나의 공범이다.

"안심하세요. 걱정하지 말고, 저에게 맡기세요."

나는 단단히 마음먹은 후 태연하게 가던 길을 계속 갔다. 발걸음은 일부러 늦추었다. 혹시 내가 이 자리를 벗어난 후 서민영이 말한 '이상한 사람들'이 여기에 나타나면 낭패니까. 천천히 걸으면서 앞으로 펼쳐질 상황을 상상하며 대비책을 세웠다.

그렇지만 이런 일 또한 상상하지 못했다.

"이보오."

추격자는 머리 위에서 나타났다. 꼴사납게 허둥지둥하던 내 눈에 가로등 위에 서 있는 사람 형체가 보였다.

"말 좀 물읍시다."

가로등을 밟고 서 있던 사람이 훌쩍 아래로 뛰어내렸다. 어찌나 가볍게 몸을 날리던지 소리도 나지 않았다. 땅에 내려설 때는 무릎을 굽히지도, 멈추지도 않았다. 그러더니 곧장 거리를 좁혀 나에게 다가섰다.

"혹 이 근방에서 여인 한 명을 보지 못하였소?"

그렇게 묻는 사람은 나와 나이 차이도 얼마 나지 않아 보이는 소녀였다. 하얀 셔츠에 파란 체크무늬 스커트, 길게 떨어지는 검은 롱 코트, 검은 장갑과 검은 부츠 차림. 그리고…… 대머리였다. 깜짝 놀란 나는 더듬거리며 대답했다.

"자, 잘 모르겠는데요."

소녀의 눈은 단 한 번도 깜빡이지 않았다. 속눈썹조차 흔들리지 않았다. 머리카락이라곤 한 올도 나지 않은 두피가 밤중에도 빛났다. 처음 보는 데다가 몇 마디 섞어 보지도 않았지만, 나는 그 소녀가 뭐라고 말하고 싶은지 정확하게 알 수 있었다.

'거짓은 용서하지 않는다.'

"내가 묻고 있는 여인은 서민영이오. 유명한 아이돌인데, 여길 지나갔다면 못 알아봤을 리가 없소. 잘 생각해 보시오."

나도 모르게 꿀꺽 침을 삼켰다. 뒤를 흘끔거렸다. 다행히 서민영은 없다. 어디 숨었을까.

"정말로 못 봤어요."

소녀의 눈동자가 말없이 내 오른쪽과 왼쪽 그리고 뒤로 움직였

다. 쫓기고 있는 건 서민영인데 정작 내가 숨이 막힐 정도로 겁에
질렸다.

위잉. 치지직. 위잉. 난데없는 기계음에 나는 깜짝 놀라 두리번
거렸다.

"알파 투, 알파 투. 상황 발생. 철수한다. 알파 투, 응답 바람."

잡음이 잔뜩 낀 목소리가 소녀의 귀에 꽂힌 조그만 이어폰 비
슷한 것으로부터 들려왔다.

"여기는 알파 투. 알겠소이다."

소녀는 귀에 손을 가져다 대더니 작은 목소리로 대답했다. 생김
새와 말투와 행동이 놀라울 정도로 어우러지지 않았다.

"실례했소. 편안한 밤 보내길 바라오. 그럼."

소녀는 밤이 드리운 그림자 속으로 순식간에 모습을 감췄다. 얼
떨떨했다. 갑자기 인기 아이돌이 눈앞에 나타난 것만으로도 머리
가 과부하 상태인데, 추격자도 못지않게 골 때렸다. 정신을 차린
건 누가 뒤에서 가만히 옷자락을 잡아당겼을 때였다.

"고마워. 정말 고마워."

심장 마비가 올 것 같았다. 이제 내 심장과 서민영 사이의 거리
는 십 센티미터도 채 되지 않는다. 상대는 아이돌이다. 누군가 사
진이라도 찍어서 SNS에 올렸다가 열애설이라도 나면……. 잠깐,
그렇게 되면 나도 큰일인데. 나는 서민영과 다르게 얼굴을 가릴
만한 것도 마땅히 없었다.

"네가 날 구했어. 네가 날 구했다고."

온갖 걱정은 촉촉하게 빛나는 그 눈을 보는 순간 온데간데없이 사라졌다.

"혹시…… 부탁 하나만 더 해도 될까? 그러면 많이 곤란할까?"

장담하는데 여기서 고개를 저을 수 있는 남자는 아무도 없을 것이다.

1

하룻밤의 꿈

"여기가 저희 집이에요."

소개하면서도 왠지 미안했다. 두바이의 부르즈 칼리파 정도가 어울릴 사람을 작은 임대 아파트로 안내하다니.

"부모님이 집에 계실까?"

"엄마는 계실 거예요. 어쩌면 동생도."

"내가 갑자기 들어가면 많이들 놀라시겠지?"

당연히 그럴 것이다. 특히 하나밖에 없는 내 여동생은 동네가 떠나가도록 소리를 지르고 난리를 피우겠지.

"혹시 방을 혼자 쓰니? 아니면 동생이랑 같이?"

"혼자 써요."

"다행이다. 그러면 식구들에게는 비밀로 할 수 있겠어."

"비밀로요?"

"응. 그게 너한테도 나한테도 좋을 것 같아."

그건 서민영 말이 옳다. 동생은 둘째 치고 부모님이 아시면 분명 경찰이나 소속사에 신고하려고 들 것이다. 서민영이 정체 모를 사람들에게 쫓기고 있는지도 모르고 말이다. 그러니 서민영을 집으로 몰래 들여야 한다. 하지만 집이 워낙 좁아서 누군가 나를 따라 들어오면 식구들이 눈치 못 챌 리가 없다.

"집이 몇 호니?"

고민하다 얼떨결에 대답하자 서민영은 싱긋 웃었다.

"알겠어. 먼저 들어가 있어. 나중에 만나자."

"예?"

"얼른."

서민영이 미소 지으며 내 등을 밀었다. 할 수 없이 아파트 쪽으로 몇 걸음 걷다가 뒤를 돌아보았는데, 그사이 서민영은 어디론가 사라지고 없었다.

"그래서, 그게, 완전 대박인 거 있지! 야, 너는 눈팅만 하면서 그렇게 말하냐?"

언제나 그렇듯이 동생은 거실에서 친구와 통화하며 수다를 떨고 있었다. 목소리가 어찌나 큰지, 며칠 전 아래층에서 층간 소음으로 항의가 들어왔을 정도다. 나를 본 엄마가 동생에게 한마디 던졌다.

"민아야, 목소리 좀 낮춰. 오빠 이제부터 공부해야 돼."

"싫어! 저 자식은 어차피 공부 안 한다니까!"

오빠한테 이 자식, 저 자식 하는 것도 어제오늘의 일이 아니다.

그래도 오늘은 화나지 않는다. 나는 조용히 방으로 들어가 문을 잠갔다.

한참을 초조하게 기다리는데, 문 두드리는 소리가 나서 깜짝 놀랐다. 설마? 콩닥거리는 마음을 안고 문을 열었더니, 엄마였다. 참외와 함께 머리에 좋다는 탕약을 든 채였다.

"왜 문을 잠갔니?"

핑계가 생각나지 않아 "그냥요."라고 대답했다. 태연한 척했지만 신경은 잔뜩 곤두섰다. 서민영이 도대체 언제 오는지는 모르겠지만 엄마가 내 방에 있을 때만큼은 피해 주었으면 했다.

"많이 힘들지? 조금만 힘내자."

엄마는 내 긴장된 표정을 공부에 대한 부담 때문이라고 이해했는지 그렇게만 말하고 방에서 나갔다. 엄마에게 먹을 것까지 받았지만 도무지 공부할 정신머리가 아니었다. 일 초, 일 분, 한 시간……. 위장용으로 펼쳐 놓은 문제집 대신 움직이는 시곗바늘과 바깥에서 들려오는 기척에 집중했다.

밤 열두 시. 창 너머로 쏟아져 들어오는 달빛이 눈에 거슬릴 만큼 예민해져 있는데 현관문 열리는 소리가 들렸다. 나도 모르게 문을 박차고 뛰쳐나갔다.

"아, 다녀오셨어요."

언제나 밤늦게 들어오는 아빠였다.

"공부하고 있었냐. 힘들지."

아빠에게 격려를 받고 방으로 들어오자 힘이 쭉 빠졌다. 어쩌면 오늘 있었던 그 일은 꿈이 아닐까. 서민영이 나에게 구해 달라고 하다니. 게다가 우리 집, 내 방에 몰래 묵게 해 달라고 부탁하다니. 친구들한테 말했다가는 정신이 이상해졌다는 소리를 듣기 딱 좋은 이야기다. 난데없이 나타나 사극에 나올 법한 말투로 서민영의 행방을 묻던 추격자는 차치하고서라도 말이다.

그래. 잠깐 꿈을 꾼 모양이다. 내 인생에 그런 일이 일어날 리 없지. 그렇게 생각한 순간, 불도 끄지 않았는데 갑자기 방이 어두워졌다. 무언가 달빛을 가렸다. 무심결에 돌아본 나는 기절할 뻔했다. 하얀 얼굴이 창문에 들러붙어 있었다.

똑. 똑. 똑.

누군가가 천천히 그리고 조용히 창을 두드렸다.

"미안한데, 좀 열어 줄래?"

서민영이라는 걸 알아보기까지 시간이 한참 걸렸다.

2

행방불명의 이유

"야, 어제 '골목 요리사' 봤냐?"

"토트넘하고 맨유가……."

떠들썩한 교실. 나에게 말을 거는 아이는 아무도 없다. 그렇지만 내가 딱 한 마디만 하면 전부 놀란 토끼 눈을 하고 나에게 집중할 것이다.

"나, 서민영하고 함께 살고 있어."

아니면…….

"서민영이 요즘 내 방에서 지내."

엄연한 사실인데도 떠올리면 손이 덜덜 떨릴 정도로 현실감이 없다. 공부고 학교고 다 관두고 바로 집으로 달려가고 싶다. 그래서 이 모든 게 진짜인지 확인해 보고 싶다.

나는 휴대폰을 꺼냈다. 포털 사이트에 '서민영' 이름 석 자를 입력한 순간 자동으로 따라붙는 단어가 있었다.

실종.

그렇다. 현재 서민영은 공식적으로 실종 상태다. 어젯밤 콘서트와 오늘 예정된 예능 촬영장에 나타나지 않아 순식간에 소문이 퍼졌다. 나는 뉴스 기사를 몇 개 살펴보았다. '행방이 묘연', '스트레스가 컸나', '최근 우울해해'……. 모호한 추측성 기사들만 가득했다.

"야, 서민영 뉴스 봤어?"

공교롭게도 갑자기 뒷자리 아이들이 서민영 이야기를 하기 시작했다.

"대박이지 않냐? 연예인이 실종이래. 나 이런 거 처음 봐."

"나도."

심장이 쿵쾅쿵쾅 세게 뛰었다. 당장이라도 등을 돌려 대화에 끼어들고 싶은 걸 간신히 참았다.

"무슨 일이래?"

"도박 때문이라던데?"

"바보냐? 도박 빚이면 벌써 갚았겠지. 장난 아니게 벌었을 텐데. 남자 문제일 거야."

"아니야. 인터넷에 목격담이 떴는데……."

그중 한 명이 갑자기 목소리를 낮추었다.

"서민영이 음주 운전을 하다가 사람을 쳤대."

"뭐, 진짜?"

"어. 그것도 바로 이 근처에서. 사람을 치고 도망가는 걸 본 사람이 있대."

“대박이다.”

“썰 아니야?”

“아니라니까. 위치가 아주 구체적이야. 왜 요기서 조금만 더 가면 햄버거 가게랑 편의점이 마주 보는 그 사거리 있잖아. 거기라던데?”

그러자 다들 숨을 죽였다.

“그러고는 무서우니까 잠적한 거구나.”

순간 ‘그딴 루머를 믿냐’고 소리 지를 뻔했다. 나는 진실을 알고 있다. 어젯밤 본인에게 직접 들었기 때문이다.

“빚이 있어.”

서민영은 자신이 사라질 수밖에 없었던 이유에 대해 그렇게 말했다.

“내가 부모님이 안 계시다는 건 알아?”

안다. 어려운 환경에서 자랐지만 누구보다 환하게 웃으며 많은 사람에게 행복을 주는 서민영이다. 나의 최애는 그런 사람이다.

“그리고 난 얼굴도 몸매도 아이돌 중에서 특별히 뛰어난 편이 아니야. 연습 기간이 길어지면서 많은 돈이 필요했고…… 결국 불법 사채를 빌려 썼어. 아주 악독한 사채를.”

“빚이 총 얼마인데요?”

나는 궁금했다. 얼마인지는 몰라도 서민영 정도 인기라면 충분히 갚을 수 있지 않나? 광고도 많이 찍은 걸로 아는데.

“백 억.”

“배, 백……”

입이 떡 벌어졌다. 그 돈이면 한강이 보이는 집을 몇 채나 살 수 있을까?

“원래 빌린 돈은 천만 원이었어.”

“세상에나. 그냥 경찰에 신고해 버려요!”

“그럴 수 없어.”

서민영이 고개를 저었다.

“상상을 초월할 정도로 무서운 놈들이야. 목적을 위해서라면 뭐든 하거든. 신고하면 내 주위 사람들을 해칠지도 몰라.”

“해친다고요?”

가로등 위에 서 있던 소녀가 떠올랐다. 고풍스러운 말투가 특이하다고는 생각했지만, 돈을 받아 내기 위해서 그런 짓까지 한다고? 내 목숨도 위태로웠던 거잖아. 식은땀이 등을 타고 흘러내렸다.

“더더욱 경찰에 신고해야 하지 않아요?”

“그러고 싶어. 그렇지만 놈들은 내 약점을 쥐고 있어.”

“약점이요?”

서민영은 고개를 숙였다.

“예전에 데이트할 때 찍힌 파파라치 사진…… 같은 거.”

아, 오래전 미음에 스크래치를 냈던 서민영의 열애설이 떠올랐다. 그땐 아니라고 강하게 부인하더니 진짜였구나……. 아무리 그래도 그런 걸로 협박하다니, 못된 놈들. 서민영의 가련한 모습을 보니 몸속 피가 끓었다.

"하지만 어떻게든 방법을 마련할 거야. 당장은 생각나지 않지만…… . 그래서 말인데, 당분간 너희 집에 숨어 있어도 될까?"

"네에?"

입이 딱 벌어졌다. 기쁜 동시에 황망했다. 대세 여돌이 내 방에 숨어 있겠다니. 이렇게 좁은 방에?

"안 될까?"

"저, 저는 괜찮은데, 우리 가족이…… . 엄마 아빠가 맞벌이하시기는 하지만 동생도 있고…… ."

"걱정 마. 내가 알아서 할게."

서민영이 나에게 다가왔다. 휴대폰으로 보던 얼굴이 바로 눈앞에 있었다.

"부탁이야. 나한테는 많은 팬이 있지만…… ."

서민영은 내 손을 꼭 잡더니, 간절하게 말했다.

"지금은 기댈 사람이 너밖에 없어."

이제까지 서민영의 손을 잡아 본 남자는 몇 명 정도 있을까? 남자 친구는 있었던 것 같지만…… . 소속사 사장이나 트레이너 정도? 그렇지만 서민영이 사심으로 '먼저' 손을 잡아 준 남자는? 그것도 간절한 눈빛과 함께! 아마 나밖에 없을 것이다.

다음 날도 학교에서는 서민영의 실종이 화두에 올랐다.

"틀림없이 해외로 날랐을 거야. 라스베이거스에서 술 마시고 슬롯 당기고 있다는 데 내 전 재산을 건다."

그 재산은 전부 내 거다. 서민영은 라스베이거스가 아니라 우리 집에 머무르고 있으니까. 수많은 팬이 십만 원은 훌쩍 넘는 돈을 내고도 먼발치에서 바라볼 수밖에 없는 서민영이 내 방에서 나를 기다리고 있다.

"황병찬."

선생님이 부르는 소리가 나를 행복으로부터 깨웠다.

"교무실로 와라"

3

선행

"그래, 맞아요. 이 학생이에요."

교무실에 들어가자마자 낯선 할머니가 그렇게 말해서 순간 움찔했다. 잘못한 것도 없는데 뭔가 잘못했나 싶은 생각이 들었다.

"아이고, 이제야 만나네."

활짝 웃는 할머니 얼굴을 보니 나쁜 일은 아니라는 걸 알았지만, 영문을 알 수가 없었다. 할머니는 도대체 누구고 나한테 왜 이러는 거지?

"네가 이분 목숨을 구했다면서."

"예?"

선생님의 난데없는 말에 나도 모르게 목소리가 커졌다. 선생님은 뜻밖의 반응에 인상을 찌푸렸다.

"아니야?"

"맞잖아! 지하철 계단에서 굴러떨어질 뻔했는데 학생이 나를 잡아 줬잖아.”

“제가요?”

고마운 표정으로 눈물까지 글썽거리는 할머니가 도대체 무슨 말을 하는지 도통 알 수가 없었다.

“아무리 생각해도 너무 고마워서. 이 나이가 되면 뭐에 살짝 부딪쳐도 큰일 날 수가 있거든. 그 높은 계단에서 사람들한테 밀려 떨어질 때는 정말 이대로 죽는구나 싶었는데, 학생이 천하장사처럼 나를 잡고 번쩍 들어 올려 줬잖아. 미안해. 그때는 경황이 없어서 인사조차 못 했지 뭐야. 고마운 마음을 꼭 전하고 싶어서 이렇게 직접 찾아왔지.”

“아침 열 시쯤 그랬다던데, 사실이니?”

사람을 두와줬다는데 왜 선생님이 다소 불편한 얼굴인지 알 것 같았다. 그때 나는 학교에 있었어야 한다. 할머니 말이 맞다면 나는 학교를 빠져나가 지하철 역사에 있었다는 이야기가 된다. 내가 몰래 학교에서 나가 지하철을 타고 어디로 가려 했다고 의심하는 것이다. 나는 황급히 양손을 흔들었다.

“아니에요. 반 애들한테 물어보세요. 저는 그때 분명히 학교에 있었어요. 할머니가 사람을 잘못 보신 걸 거예요.”

“잘못 보긴. 학생이 직접 이름하고 학교까지 일러 줬잖아. XX중학교 삼 학년 일 반 황병찬이라고.”

“제가요?”

“그래. 꼭 기억해 달라고 하더니만.”

머릿속이 멍해졌다. 사람을 구한 건 둘째 치고, 내 입으로 나를 꼭 기억해 달라고 했다고?

"어쨌거나 정말 고마워, 학생."

할머니는 주름이 자글자글한 손으로 내 어깨를 꼭 잡더니 계속 고맙다는 말만 하셨다.

"이 학교는 용감한 학생한테 주는 상 같은 건 없어요?"

심지어 선생님들한테 그런 말까지 했다. 나는 애원하는 눈빛으로 선생님들을 바라보며 고개를 저을 수밖에 없었다.

'전 정말 모르는 일이에요.'

얼마나 당황했는지 목소리조차 내지 못했다.

"알겠다. 일단 교실로 돌아가라."

교감 선생님이 말씀하셨다. 비행을 저질렀다면 좀 더 따져 봤겠지만 선행을 했다니 넘어가는 분위기였다. 나로서는 그 분위기 자체가 억울했다. 할머니를 구했다니. 나는 정말로, 그런 적이 없는데.

4

막간 ①

서울 모처, 외딴 사무실. 퀴퀴한 공기가 맴도는 곳에서 여자의 애처로운 목소리가 울려 퍼졌다.

"아빠, 나 어떡해……, 납치된 거 같아."

"뭐라고? 너 어디야?"

"몰라. 흑. 남자들한테 끌려왔는데, 이상한 창고 같은 데 갇혔어."

"진정해, 우리 딸! 거기가 어디야? 창고?"

"휴, 휴대폰 위치 추적을 하면…… 어딘지 나오지 않을까?"

"그, 그렇지. 조금만 기다려, 우리 딸! 바로 경찰에 연락하고 아빠가 거기로 갈 테니까!"

"아빠, 빨리 와 줘! 너무 무서워! 아, 그놈들이……."

미처 말을 끝맺을 겨를도 없이 외마디 총성이 울렸다. 떨리는 손에서 날아간 휴대폰이 박살 났다.

"……."

허름한 창고의 문이 열리고 한 사람이 걸어 들어왔다. 창고 안이 워낙 어두워서 모습은 전혀 보이지 않았다.

"살려 주세요! 제발 살려 주세요! 저, 납치……."

탕.

다시 한 번 총성이 울리자 목소리가 뚝 끊겼다.

"고얀 것."

살기 어린 목소리와 함께 푸른 불빛이 피어올랐다. 불빛은 둥실 떠올라 공중으로 날아올랐다. 한 치 앞도 보이지 않던 창고 안이 환해졌다.

"감히 누구를 속이려 드는 것이냐?"

불빛을 받아 모습을 드러낸 존재는 파란 체크무늬 스커트에 검은 코트를 걸친 소녀였다. 데저트 이글이 소녀의 손에 들려 있었다.

"시시시시……."

총구가 향한 곳에서 나지막한 울음소리가 났다. 순백색의 털이 빛을 받아 하얗게 빛나는 바람에 소녀는 잠시 눈을 찡그렸다. 소녀 앞에 있는 건 호랑이였다. 화물 트럭 정도 크기에 눈처럼 하얀 털이 복슬복슬하게 온몸을 덮었는데, 놀랍게도 사람처럼 쪼그려 앉아 허리를 구부리고 있었다. 호랑이가 입을 열자 흉포하고 큰 이빨들이 드러났다.

"고객님, 많이 놀라셨죠."

놀랍게도 호랑이의 입에서 가녀린 여자 목소리가 흘러나왔다.

"검찰청입니다. 명의 도용 혐의가 있으셔서 연락드렸습니다. 성함이······."

이번에는 굵은 남자 목소리로 말했다.

"닥쳐라, 요망한 것."

소녀의 일갈에 호랑이는 입을 다물었다.

"잡아간 낭자는 어디에 두었느냐?"

"시시시시시시······."

괴이한 울음소리를 내며 호랑이는 한쪽 입가를 씩 올렸다. 동시에 자세를 비틀어 엉덩이를 들어 올리자 갈기갈기 찢어진 여자 옷가지와 아직 살덩어리가 붙어 있는 뼈들이 나타났다.

"시시싯!"

소녀의 눈이 그쪽으로 쏠린 순간을 호랑이는 놓치지 않았다. 숨겨 두었던 발톱을 드러낸 채 커다란 몸을 소녀를 향해 날렸다. 그 속도와 몸집을 볼 때 소녀가 무사할 확률은 그야밀로 희박했다. 호랑이가 턱을 벌려 소녀의 가녀린 몸을 삼키려는 순간이었다.

"알고 있느니라. 제아무리 총이라도 범을 막으려면 한두 발로는 어림없겠지. 그래서 이리 함부로 구는 것일 테고."

소녀는 데저트 이글을 쥔 손을 침착하게 들어 올렸다.

"그렇지만 예외가 있느니라."

총구가 호랑이의 어느 한 곳을 정확하게 겨누었다. 소녀를 무는 자세였기 때문에 무엇보다 가까웠던 그곳.

"여기라면 한 발로도 충분하지."

탕.

메마른 총성이 울리자 호랑이는 순식간에 소녀에게서 멀어져 고통에 미쳐서 날뛰기 시작했다.

"시시싯! 시시시시싯!"

여전히 괴이쩍은 울음소리지만, 방금 전과 같은 기괴한 위엄은 이제 없었다.

"어떤 생물에게나 있는 부드럽고 약한 부위. 네놈도 예외는 아니니라."

소녀의 총탄이 눈동자를 파고들어 뇌에 구멍을 내 놓았기 때문이다.

"너는 죄 없는 여인을 잡아먹은 것으로도 모자라 그 아비를 꾀어내어 해치려 했다."

"시시싯! 시시시싯!"

"너를 처형하겠다. 마지막으로 남길 말이 있느냐?"

"시시시……!"

호랑이는 집채만 한 덩치를 뒤집으며 여기저기 굴러다녔다. 그러다가 문득 말을 마구 내뱉었다.

"남은 환급금을 받아 가세요!"

"아들아! 엄마가 사고를 당해서 지금 병원에 있어!"

"은행인데요! 카드가 도용되었습니다! 신속히 계좌 번호와 비밀번호를 불러 주세요!"

연방 목소리를 바꾸며 떠드는 모습은 마치 고장 난 기계 같았다. 소녀는 그 모습을 보며 혐오스럽다는 듯 얼굴을 찡그렸다.

"유언 따위 없겠지. 말을 하는 게 아니라 흉내 내는 것뿐이니까."

소녀는 부르르 경련을 일으키는 호랑이의 머리맡으로 다가갔다.

탕.

세 번째 총성이 울려 퍼졌다. 거대한 백색 호랑이는 경련마저 멈추고 완전히 침묵했다.

"비형!"

갑자기 소녀가 소리를 질렀다.

"어서 돌아오거라!"

허공에 떠서 창고를 환하게 비추던 불빛이 스르르 미끄러져 내려오더니, 소녀의 품으로 들어갔다.

"입 다물거라! 칭찬받을 일이 아니거늘."

소녀는 '장산범'의 몸 아래 깔려 있는 여자의 백골과 살덩어리들을 바라보았다.

"……이 낭자는 행방불명으로 처리될 것이다. 낭자의 아비는 딸이 죽었다는 사실조차 모를 것이고 시신도 거두지 못할 것이다. 평생 딸의 마지막 외침만 머릿속에서 맴돌겠지. 진짜 딸의 목소리가 아닌데도."

소녀의 눈이 차갑게 타올랐다.

"절대로 용서할 수 없느니라."

소녀의 품속 불빛이 사그라들었다. 그와 동시에 일군의 무리들이 창고 안으로 들어왔다. 모두 방역복을 입고 청소 도구처럼 보이는 것들을 손에 쥐고 있었다. 그들은 들어오자마자 소녀에게 물었다.

"수고 많으셨습니다. 혹시 몰라 묻습니다만, 당신의 그 '힘'을 사용하셨습니까?"

"사용하지 않았소. 그럴 필요까지는 없었기에."

다른 일행이 장산범의 시체를 향해 다가가는 사이, 방역복을 입고 가장 앞에 선 이가 사과했다.

"죄송합니다. 윗선에서 꼭 확인하라고 하셔서, 저희로서도 어쩔 수가 없습니다."

"괘념치 않소."

그때 장산범의 축 늘어진 몸을 살피던 다른 이들이 외쳤다.

"을종 위험 등급 장산범의 죽음을 확인했습니다!"

"음. 자, 그럼 뒤처리는 저희가 맡겠습니다."

소녀는 고개를 숙여 인사하고 그들과 교차하듯 밖으로 나갔다.

"어디로 가십니까?"

"이번에도 허탕이었소. 진짜 표적을 쫓으러 갑니다."

"단서는 있으십니까?"

"하나 있습니다."

소녀의 눈을 본 그들은 더 이상 아무것도 묻지 않았다.

"요괴에게 죽음을."

"요괴에게 죽음을."

소녀가 나간 후 창고는 바로 어둠에 휩싸였다.

5

꿈같은 시간

"와아!"

나는 유튜브에 이 장면이 나가면 어떨까 잠깐 상상해 보았다. 실종 싱대인 인기 아이돌이 내 방 침대에 앉아 우리 가족 앨범을 넘겨 보고 있다니.

"사실 요즘 이렇게 앨범을 만드는 집이 드물잖아."

"우리 엄마가 좋아하세요."

"왠지 감동적이야."

서민영은 책장에 꽂힌 앨범들을 뚫어지게 바라보았다.

"앨범은 정말 소중한 보물이야. 디지털이라는 게 꼭 좋은 것만은 아니지."

가족사진을 하나하나 바라보는 눈빛이며 자세가 우리 반 우등생들이 열심히 공부하는 모습을 연상시킬 정도였다. 쑥스러웠다.

"그나저나 너는 어렸을 때부터 끼가 보이는구나."

더더욱 쑥스럽게 서민영이 내 사진 하나를 가리키며 그렇게 말했다. 해수욕장에서 친구들이랑 막춤을 추다가 찍힌 사진이었다.

"사실 기획사에 들어가고 싶었어요."

"들어가면 되잖아? 아이돌을 꿈꿔도 될 것 같은데. 외모도 너 정도면 괜찮으니까."

서민영이 내 외모를 칭찬해 주었다. 매일같이 연예계에서 잘생긴 남자들을 보는 서민영이 그런 말을 하다니, 나만 몰랐을 뿐 사실 내가 잘생긴 얼굴이었나?

"나도 엄청 예뻐서 아이돌이 된 건 아니니까."

아아. 그런 뜻이었구나.

"그냥…… 스스로 생각하기에 끼가 없는 것 같아서요."

"아쉽다. 어쩌면 우리, 같은 무대에 설 수도 있었을 텐데."

아주 잠깐 서민영 뒤에서 춤을 추며 스포트라이트를 받는 나를 상상해 보았다. 생각만으로도 숨이 막힐 정도로 벅찼다.

"아예 포기한 건 아니지? 옷장에 카메라랑 연습복이 숨겨져 있던데."

서민영에게 혼자 있을 때 혹시라도 인기척이 느껴지면 무조건 옷장 속에 숨으라고 했다. 엄마 아빠가 갑자기 귀가해서 내 방에 들어오더라도 옷장 문까지 여는 일은 드물 것이다. 동생은 맨날 내 옷에서 퀴퀴한 냄새가 난다며 근처에도 오지 않으려 하니까 옷장 안은 가장 안전한 장소다.

"포기……했죠."

"왜?"

서민영이 나에게 다가왔다. 그녀는 지금 내 잠옷을 입고 있다. 마치 자기 옷처럼 잘 맞았다. 그 모습을 보는데 기분이 묘했다. 오직 나만 볼 수 있는 모습이라는 생각과 함께, 왠지 가깝고 특별한 사이가 된 것 같았다.

"왜 포기했는데?"

"하면 하는 대로 다 망해서요."

인생의 쓴맛을 알게 해 준 경험들이 떠올랐다. 유튜브 채널을 열었지만 구독자가 겨우 두 명이었던 일, 틱톡에 챌린지 영상을 올렸다가 동생한테 들키는 바람에 집안이 뒤집어진 일. 이것저것 하면 할수록 유명해지는 사람은 정해져 있고, 나는 그런 사람이 아니라는 것만 똑똑히 깨달았다.

"그러면……."

갑자기 서민영이 눈을 빛내며 나에게 가까이 다가왔다. 너무 가까워서, 미친 듯이 뛰는 내 심장 소리를 들킬 것만 같았다.

"엄청나게 인기를 얻어서 사람들이 다 알아볼 정도로 유명한 인플루언서가 되면 틀림없이 기쁘겠네?"

서민영이 코앞에 있었다. 심장이 터질 것 같다. 얼굴이 시뻘게지지는 않았을까?

"그, 그야 당연히 그렇겠죠?"

나는 몇 발자국 뒤로 물러났다. 방금 맡아 버린 아찔할 정도로 달콤한 향이 콧속을 맴돌았다.

“그건 왜 물어보세요?”

“내가 도와주고 싶어서.”

서민영이 또다시 내 손을 잡았다.

“넌 나의 은인이잖아.”

“으, 은인이요?”

“은인 맞아. 그것도 생명의 은인.”

서민영이 속삭였다.

“은인이라뇨! 그렇게 대단한 일을 한 것도 아닌데요! 그리고 인플루언서 같은 건 바라지도 않아요. 부모님도 싫어하시고……. 그냥저냥 소박하게 잘 나가면 그걸로 좋아요.”

“소박하게 잘 나가다니? 그게 어떤 건데?”

서민영이 고개를 갸우뚱했다.

“뭐…… 그냥 반 아이들이 인정해 주고, 여자 친구도 생기고…….”

뭐든 다 어중간한 나한테는 이것도 힘든 꿈이다. 그나저나 이 와중에도 공부 잘하고 싶다는 말은 내 입에서 나오지 않았다.

“여자 친구…….”

그제야 서민영은 뒤로 물러났다. 살짝 풀이 죽은 것 같았다.

“내가 여자 친구가 되면 너한테 입은 은혜를 갚을 수 있을 텐데.”

“예에?”

“생각해 봐. 내가 네 여자 친구가 되어서 둘이 찍은 사진을 SNS에 올리면 네가 바라는 게 전부 이루어지잖아. 하지만 추격자들 때문에 그건 불가능하니까…….”

심장의 쿵쾅거림이 다 가라앉지도 않았는데 서민영이 갑자기 나를 보았다.

"그래도 아무도 안 보는 이곳에서는 뭐든 다 해 줄 수 있어. 여자 친구처럼."

서민영이 나를 향해 두 손을 펼쳤다.

"같이 사진도 찍고, 맛있는 거 먹으면서 영상도 보고, 손도 잡고……."

"아니에요! 그만하세요! 너무 과해요!"

나도 모르게 벌떡 일어나서 소리쳤다.

"당신이 제 여자 친구라니, 그런 건 바라지도 않아요! 바라서도 안 돼요! 저는 그냥 팬이니까요! 은혜를 갚는다든가 그런 건 신경 쓰지 않으셔도 돼요. 저는 해야 할 일을 한 거니까! 그럼 안녕히 주무세요!"

문을 쾅 닫고 나왔다. 이런. 소리가 너무 크다. 엄마, 아빠, 동생 중 누가 듣지 않았을까. 하마터면 들킬 뻔했다. 그래도 솔직히 이 정도면 선방했다고 생각한다. 인기 아이돌이 저렇게 적극적으로 나오는데 이 정도도 동요하지 않으면 남자가 아니다. 그나저나 서민영, 예능에 나와서는 낯을 가린다고 하더니 이런 면이 있을 줄은 상상도 못 했다.

나는 주머니 속 휴대폰을 꺼냈다. 포털 사이트의 '연예' 란을 보았다. 서민영의 실종 소식이 환하게 웃는 사진과 함께 전면을 장식했다. 인터넷, SNS를 불문하고 온갖 커뮤니티에서 온통 실종된 서민영 얘기를 하고 있었다.

모두가 서민영을 찾는 이 순간, 문 하나를 사이에 두고 서민영은 내 등 뒤에서 숨 쉬고 있다. 서민영이 내 방에서 지낸 지 하루가 지났지만, 아직도 이 모든 게 현실처럼 느껴지지 않았다. 이것만으로도 감당하기 벅찬데…… 내 현실 감각을 뒤흔드는 사건이 또 벌어졌다.

6

일진들

"좋아해. 나랑 사귀어 주지 않을래?"

다음 날, 아침부터 정체 모를 여자애가 찾아와 나에게 사랑을 고백했다. 반 아이들 모두가 나를 지켜봤다. 다들 어찌나 놀랐는지, 이런 상황에서 흔한 '오!' 하는 소리노 나오지 않있다. 교실에서 이런 일이 일어난다는 것 자체가 말이 안 되는데다가, 무엇보다 나한테 고백한 여자애가 깜짝 놀랄 정도로 예뻤다.

"부탁이야."

여자애가 무릎을 꿇었다. 다들 경악하며 나를 쳐다보았다. 그중에는 아마 오늘 내 존재를 처음 알아차린 친구들도 분명 있을 것이다.

"네가 원하는 건 뭐든 할게."

"아니 아니 아니 아니, 잠깐만! 도대체 누구세요?"

너무나도 당황해하는 내 반응에 여자애는 복받치는 감정을 억

누르듯 눈을 질끈 감았다.

"너한테 첫눈에 반했어."

"이, 일단 나가요! 나가, 얼른!"

여자애는 다른 학교 교복을 입고 있었다. 곧 들어올 선생님이 보면 더 큰 난리가 날 게 뻔하다.

"고백을 받아 주기 전에는 떠날 수 없어. 알잖아."

"뭘 알아!"

고집 부리는 여자애를 이따 끝나고 학교 밖에서 이야기하자고 달래서 가까스로 내보냈다. 그 뒤로 내가 도대체 뭘 하는지 자각도 못 한 채 하루를 보냈다. 밥은 먹었는지, 화장실은 갔는지도 기억나지 않았다. 반에서 몇 명이 나한테 그 여자애에 대해 물어봤던 기억은 난다. "진짜 예쁘던데 네가 꼬신 거야?"라고 물었지만 맹세코 처음 보는 여자애라서 "몰라, 사람을 착각한 것 같아."라는 대답 말고는 할 말이 없었다.

수업이 끝나자마자 교문 근처를 확인해 보았다. 맙소사, 그 여자애는 정말로 나를 기다리고 있었다. 나는 그쪽으로 얼른 달려갔다. 왜 이렇게 오래 걸렸냐고 말하고 싶은 듯 새초롬한 표정으로 나를 바라보는 모습이 정말 예뻤다. 솔직히 서민영보다 더 예뻐 보였다.

"그럼 우리 오늘부터 사귀는 거 맞지?"

여자애는 나를 보자마자 팔짱을 꼈다. 이렇게 예쁜 애가 내 여자 친구라니. 그것도 여자 쪽에서 먼저 고백하다니. 황홀했다. 아주 잠깐 "그래!"라고 대답하면 어떨까 생각해 보았다. 애랑 사귄다고 말하면 동생을 포함해 나를 무시하던 인간들이 얼마나 놀랄까 상상해 보기도 했다.

"그, 그런데 누구세요?"

유혹을 가까스로 뿌리친 건 이 아름다운 여자애가 누구인지 전혀 모른다는 사실 때문이었다.

"정말 아무것도 기억 안 나?"

여자애가 힘껏 올린 속눈썹을 깜빡이며 물었다. 내가 끄덕이니 여자애는 주위를 살피더니 나지막하게 말했다.

"이야기가 조금 길어질 것 같은데, 우리 자리를 옮기자."

나는 망설였다.

"얼른. 빨리 설명하고 너의 여자 친구가 되고 싶단 말이야."

너의 여자 친구가 되고 싶다니. 웹소설에 나올 만한 대사였다. 그래. 어쩌면 이런 이벤트는 내 인생에서 처음이자 마지막일지 모른다. 상대는 아무리 많이 봐 줘도 기껏해야 고등학생. 납치나 강도 같은 짓을 할 리가 없지. 그런 생각을 하며 나는 여자애를 따라갔다.

그런데 뭔가 이상했다.

"저⋯⋯. 어디로 가는 건가요?"

여자애가 점점 낯선 동네로 나를 데리고 갔다.

"남들 눈에 안 띄는 곳. 부끄럽잖아."

여자애는 방긋 웃더니, 곳곳에 임대 문의가 붙어 있는 빈 건물로 들어갔다. 햇빛도 들어오지 않는 깊숙한 곳까지 다다르자 나는 불안해졌다.

"저, 죄송한데 어디까지……."

"오빠!"

갑자기 여자애가 소리를 질렀다.

"데리고 왔어!"

쿵, 쿵, 드그르르르.

쇳덩이를 끄는 소리가 나서 뒤돌아보니 험상궂은 양아치들이 나를 향해 다가오고 있었다. 한심하게도 그제야 뭔가 이상하다는 걸 직감했다.

"어제는 신세 좀 졌다."

앞장선 대여섯 명의 양아치들 얼굴은 시퍼런 멍투성이였다. 그중 한 명이 배트를 들어 올려 그 끝으로 내 배를 확 밀었다. 나는 힘없이 쓰러졌다.

"어이쿠, 왜 약한 척을 하실까. 시작도 하기 전에 마음 약해지게."

"아까 내가 찾아갔을 때 완전 모르는 척하더라? 어이없게."

여자애 목소리가 머리 위에서 들려왔다. 올려다보니 나를 여기까지 데려온 그 아이가 이제까지와 완전히 다른 표정으로 난간 위에 서 있었다.

"어제는 여자 친구가 되지 않으면 오빠들 다 없애 버리겠다고 했으면서."

"제, 제가요?"

"이 자식이!"

덩치 큰 양아치가 내 배를 걷어찼다. 폐에서 숨이 모조리 빠져 나가는 것만 같았다. 눈물이 바로 나왔다. 내장이 터진 건 아닐까.

"왜, 어제처럼 휙휙 날아다녀 봐. 그래야 잡는 재미가 나지."

양아치들 중 한 명이 알루미늄 배트를 끌면서 다가왔다. 정신이 확 들었다.

"기, 기다, 기다려 보세요! 왜 이러는지 알려 주세요!"

"하, 재미있는 놈일세."

양아치 중 얼굴에 멍이 가장 많은 녀석이 내 멱살을 잡았다.

"어젯밤에 우리끼리 놀고 있는데 네가 시비를 털었잖아. 쟤 내 놓으라면서."

양아치의 손끝이 여자애를 가리켰다.

"내가 싫다고 하니까 오빠들을 두들겨 팼잖아."

"뭐, 뭐라고요?"

"내일 사람들이 보는 앞에서 고백하지 않으면 오빠들도 나도 없애 버리겠다고 했잖아. 내 목을 조르면서!"

여자애가 윗옷 단추를 하나 풀었다. 목 언저리에 붉은 자국이 선명했다. 그러니까 내가 어젯밤에 이 무서운 놈들을 마구 때리고, 여자애의 목까지 조르면서 사랑을 고백하라며 협박했다고? 말도 안 된다. 어제 기억을 아무리 뒤져 봐도 학교와 서민영, 둘밖에 없다. 누군가를 때릴 배짱도 없거니와, 요즘 방과 후는 서민영을 숨겨 주는 일로 바빴다.

"말도 안 돼요! 사람을 잘못 보신 거 아니에요?"

내 말에 잠시 침묵이 흘렀다. 그러다 갑자기 와하하 큰 웃음이 터졌다. 여자애가 특히 크게 웃었다.

"네 입으로 그랬잖아. XX중학교 삼 학년 일 반 황병찬. 내일 오는지 안 오는지 두고 보겠다며. 안 나타나면 지구 끝까지 따라오겠다며."

"우선 좀 맞자. 그러다 보면 알겠지. 어제 그놈인지 아닌지."

양아치가 알루미늄 배트를 머리 위로 들어 올렸다. 나는 아무것도 하지 못한 채 멍하니 그 모습을 보았다. '내가 도대체 무슨 짓을 했길래…….' 설명을 듣고 난 후에도 그 생각만 들었다.

그때였다.

"멈추어라!"

낯익은 목소리가 들렸다.

7

설화랑

내 구세주는 서민영을 쫓던 바로 그 추격자였다. 오늘도 체크무늬 스커트에 검은 코트와 검은 부츠 차림이었다. 그리고…… 여전히 대머리다.

"비야, 시건 또."

양아치들이 같잖다는 눈길로 소녀를 바라보았다. 몇몇은 머리를 보고 킥킥 웃었다.

"내 그 소년에게 볼일이 있으니 자리를 비키거라. 무도한 짓은 눈감아 줄 터이니."

마침내 양아치들 사이에서 웃음이 터져 나왔다.

"허 참, 기가 막히네. 이건 또 뭐야?"

알루미늄 배트를 든 양아치가 소녀 쪽으로 다가가더니, 방망이로 배를 쿡 찔렀다. 소녀는 꼼짝도 하지 않았다.

"야, 볼일은 우리가 먼저거든. 너야말로 조용히 꺼……. 어?"

양아치가 어리둥절해했다. 그럴 만했다. 한순간 소녀의 모습이 사라졌다 싶더니, 다음 순간 갑자기 양아치의 등 뒤에서 나타났다. 그것도 양아치가 들고 있던 알루미늄 배트까지 빼앗아서.

"뭐야, 이거……. 으아아악!"

소녀를 붙잡으려던 양아치가 비명을 지르며 쓰러졌다. 그러더니 뒤로 질질 끌려갔다. 마치 보이지 않는 손에 붙잡힌 것처럼.

"이런 씨……."

겁을 먹은 양아치들 중 몇 명이 주변에 널브러진 나무토막을 쥐고 공격할 준비를 했다. 이어 우르르 몰려오는 양아치들을 보더니 소녀가 한숨을 쉬었다.

"정말 못 볼 꼴을 봐야 정신들을 차리겠느냐."

말이 끝난 동시에 소녀의 몸에서 불꽃이 피어올랐다. 훌라후프처럼 생긴 불길의 나선이 소녀를 보호하듯 빙글빙글 돌았다. 양아치들이 기겁하며 멈춰 섰다.

"으아아아악! 미친!"

원형의 불길이 직경을 넓히며 그들을 덮치려 다가들자 양아치들은 모조리 도망가 버렸다. 비겁하게도 나를 속여서 여기까지 데려온 여자애는 남겨 두고 자기들만 살겠다고 줄행랑쳤다. 여자애는 턱을 달달 부딪치며 주저앉았다.

"낭자께서는……."

소녀가 여자애 앞으로 다가가 물었다.

"어인 연유로 이 아이를 해하고자 한 것이오?"

“저, 저 자식이…… 자기 여, 여자 친구가 되지 않으면 없애 버리겠다고…… 오빠들까지 막 때려서…….”

“이 말이 참이냐.”

소녀가 나를 돌아보며 물었고, 나는 넋이 빠진 채 고개를 좌우로 저었다. 소녀는 고개를 들어 천장을 바라보았다.

“내 짐작이 옳았구나.”

그사이 양아치들을 쫓아 버린 불꽃이 이번에는 꽃송이 모양으로 변했다. 소녀의 얼굴 주위에서 이리저리 돌아다니는 불꽃을 나는 멍하니 바라보았다.

“알겠소. 저자와 긴히 할 말이 있으니 낭자는 그만 돌아가시오.”

그 말을 기다렸다는 듯 여자애가 후다닥 빠져나가고, 소녀는 나에게 다가왔다.

“나를 기억하느냐.”

나는 소녀의 맨머리를 보며 고개를 끄덕였다.

“다행이구나. 그렇다면 내가 왜 너를 구해 주었는지도 짐작할 터.”

“몰라.”

“뭐라?”

“서민영이 어디 있는지 몰라. 말 안 할 거야.”

소녀는 나를 바라보았다. 화가 난 것 같기도 하고 감탄한 것 같기도 한 복잡한 표정이었다. 내 대답에 반응한 건 소녀 주위를 도는 불꽃이었다. 기껏해야 소녀의 얼굴 크기 정도이던 불꽃이 순식간에 태양을 연상시킬 정도로 커졌다.

“비형!”

하지만 소녀가 소리를 지르자 불꽃은 바로 사그라들었다. 날벌레 정도로 작아지더니 소녀의 얼굴 근처를 힘없이 날아다녔다.

“그럼 질문을 바꾸겠다. 아까 그 무뢰배들을 때리고 낭자를 겁박했느냐?”

“아, 아니.”

“그러면 저들이 어찌하여 네게 그러는 것이냐?”

“몰라. 난 정말로 모른다고.”

“내가 알려 주랴?”

“뭐, 뭘?”

“네가 나에게 숨기고 있는 바로 그 자 때문이다. XX중학교 삼학년 일 반 황병찬.”

요즘따라 나에 대해 너무나 잘 아는 낯선 사람들을 자꾸 만난다.

“내, 내가 누구인지는 어떻게 알았어?”

“그날 우리가 만났던 곳, 거기서 얼마 떨어지지 않은 곳에서 체크 카드로 삼각 김밥과 우유를 사 먹지 않았느냐.”

“……!”

“너는 그날 XX중학교 교복을 입고 있었지.”

겨우 그것만으로 내가 서민영을 숨겨 줬다고 의심한 건가?

“또 하나. 그날 아이돌 서민영을 봤느냐고 물었을 때 네 반응이 다소 이상했느니라. 숨기는 게 없는 이라면 내 말에 놀라 ‘서민영? 진짜?’라며 주위를 한번 살펴보았을 것이다. 그런데 너는 그 이야기를 듣자마자 바로 못 봤다고 하였지.”

담담하게 말하는 추격자를 보면서 나는 서민영이 해 준 이야기를 떠올렸다.

‘상상을 초월할 정도로 무서운 놈들이야. 신고하면 내 주위 사람들을 해칠지도 몰라.’

소녀는 치마를 정돈하더니, 쓰러진 나와 눈높이가 맞도록 무릎을 굽혔다.

“자세한 사정은 설명해 줄 수 없다. 한 가지 확실한 건, 네 신변에 위기가 닥쳤다는 것이다. 끔찍한 참화가 너를 덮치기 직전이다. 그러니 나에게 순순히 협조하거라.”

“싫어.”

나는 단호하게 거절했다. 서민영과 약속했다. 그녀를 숨겨 주겠나고.

“나는 서민영이 어디 있는지 몰라. 정말로 몰라.”

소녀는 한동안 말없이 나를 바라보다가 서서히 몸을 일으켰다. 그러더니 나를 향해 손을 뻗쳤다. 설마…… 이대로 나를 죽이려는 건가?

“갸륵하다고 해야 할지 어리석다고 해야 할지 모르겠구나.”

소녀는 내 몸을 잡더니 벌떡 일으켜 세웠다. 별로 힘을 쓰는 것 같지도 않았는데 내 몸이 번쩍 들렸다.

“조만간 내 말이 생각날 것이다.”

“자, 잠깐 기다려! 넌 도대체 누군데!”

“설화랑.”

　그렇게 서민영을 쫓는 추격자의 이름을 알게 되었다. 설화랑. 대머리 소녀는 옛이야기 속에서나 나올 법한 이름을 가지고 있었다.

8

의지할 수 있는 건 너뿐

"으앗!"

놀란 마음을 진정시킬 틈도 없었다. 방에 들어가니 동생이 서랍을 뒤지고 있었다. 모골이 송연해서 나도 모르게 소리를 질렀다.

"너 뭐 하는 거야?"

"아, 시끄러워. 왜 난리야?"

"왜…… 왜 내 방에 있어?"

"너 혹시 USB 남는 거 없어?"

"없어!"

나는 연방 두리번거렸다. 서민영은 어디에 있을까? 들키지는 않은 것 같은데, 잘 숨었을까? 그러면 도대체 어디에?

"나가! 당장! 왜 남의 방에 멋대로 들어와?"

"유난 떨고 있네. 자기가 연예인이라도 되는 줄 아나 봐."

그때, 살짝 열린 옷장 틈이 눈에 들어왔다. 그 사이로 눈동자가 언뜻 보였다. 옷장은 동생 바로 등 뒤에 있다.

"그나저나 USB 없냐고."

"없다니까! 못 알아들어?"

나는 위협하려 주먹을 치켜들었다. 동생이 깜짝 놀랐다. 놀랄 법도 하다. 평소에는 항상 져 주니까.

"꺼지라고!"

동생은 잠시 어안이 벙벙한 표정을 짓더니 곧 화가 머리끝까지 났다.

"별 같잖은 게 유세야!"

그러고는 친오빠한테 하는 거라고는 상상도 못 할 욕을 하며 나가 버렸다. 엄마 아빠가 아직 돌아오지 않아서 천만다행이었다. 동생이 저러는 걸 듣고 무슨 일이냐며 내 방에 들어오기라도 한다면……. 아찔한 상상을 뒤로한 채 방문을 닫고 문을 잠갔다.

"어떻게 됐어?"

동생이 나가자마자 옷장 문을 열고 서민영이 나왔다.

"다행히 눈치 못 챈 것 같아요."

"응. 그럴 줄 알았어. 네가 없을 때 종종 네 방에 들어오는데, 그때도 눈치 못 채더라고."

"뭐라고요?"

내가 없을 때 내 방에 마음대로 드나든다고?

"괜찮으셨어요?"

"나는 걱정할 필요 없어."

서민영은 편안하게 웃었다. 사실 나보다 더 불안한 사람은 온 세상에 얼굴이 알려진 서민영 본인일 텐데, 우리 가족한테 들킬지도 모른다는 염려는 전혀 하지 않는 것 같다. 낙천적인 건지 아니면 대범한 건지……. 하긴, 예능에서도 서민영은 이런 모습이었다. 나사가 빠진 듯한 느슨한 모습. 그래서 보고 있으면 마음이 편했고, 또 보길 기대했다.

“그보다 어떻게 됐어?”

서민영이 눈을 반짝이며 물었다.

“학교에서는 별일 없었어?”

아, 맞다! 가짜 여자 친구! 그 양아치들! 그리고…… 추격자! 나는 오늘 있었던 일을 차근차근 서민영에게 설명했다.

“그랬구나.”

“역시 꽤나 위험한 상황 맞죠?”

“여자 친구를 만들지 못했구나.”

서민영이 뜬금없이 그렇게 말했다. 아니, 나사 빠진 콘셉트를 지키고 있을 때가 아니에요!

“얼굴은 꽤 예쁘장했는데 제법 교활한 짓을 하네.”

“무슨 말씀을 하시는 거예요? 그리고 저한테 여자 친구가 생길 리 없잖아요.”

“어째서?”

“저를 보세요. 누가 저를 좋아해 주겠어요?”

“음……. 지금의 너로는 힘들단 말이지? 이번 같은 일이 또 생기지 않으려면 여자들 쪽에서 너를 마음에 들어야 할 필요가 있겠네.”

“그보다 추격자 말이에요. 도대체 뭐예요? 눈에 보이지 않을 정
도로 빠르게 움직이더라고요. 그것뿐만이 아니에요. 불길이 그 사
람 옆에서 살아 움직였다니까요!”

“추격자 말이지…….”

서민영은 고개를 숙인 채 한참 동안 말이 없었다. 역시나. 내 여
자 친구 얘기를 운운한 건 두려운 마음을 숨기려는 의도였구나.

“종이랑 펜 좀 빌려줄래?”

나한테서 필기구를 받아 든 서민영은 그 위에 주소를 적었다.

“부탁 하나만 들어줄 수 있을까?”

“말씀하세요.”

“내일 이 주소로 가서 ‘서민영이 도와달라고 했어요’라고 말하
면 돼.”

나는 고개를 끄덕였다.

“정말 고마워. 너한테는 계속 신세만 지네. 어떻게든 은혜를 갚
고 싶은데…….”

“아니에요. 그냥 제가 돕고 싶어서 돕는 거예요.”

“아니.”

서민영이 나를 똑바로 쳐다보았다.

“은혜는 반드시 갚아야만 해.”

9

조력자

'인기 아이돌 서민영 실종 나흘째…… 사망설 나돌아.'

서민영이 사라진 지 나흘밖에 지나지 않았다. 그런데 포털 사이트 메인에서는 이미 실종 기사가 내려갔다. 관련 기사는 페이지를 한참 넘긴 끝에 겨우 나왔다. 그것도 사망설이라니. 마치 모두들 그동안 서민영을 좋아하는 척 연기해 온 것만 같았다.

"한계지, 뭐."

반 친구는 그렇게 말했다.

"연예인, 그것도 여돌이 끼 하나만 가지고는 오래 못 간다니까. 사실 엄청 예쁘지도 않잖아."

'시끄러워!'

지하철에서 내렸다. 세상이 서민영에게서 등을 돌렸으니 나라도 그녀 편이 되어 주어야 한다.

서민영이 적어 준 주소는 놀랍게도 북촌이었다. 위기에 처한 상황에서 도움을 청할 사람은 틀림없이 친인척이거나 몹시 가까운 사이라고 생각했는데……. 설마 한옥 마을에 살고 있는 걸까?

안국역에서 나온 후 한참을 걸었다. 주말이라 외국인들까지 포함해 사람들이 굉장히 많았다. 서민영을 위해 극비 임무를 수행하고 있어서 그런지 하하 호호 웃고 떠들고 사진을 찍는 모습마저 나를 긴장시켰다.

제대로 찾아가고 있는지 몇 번이나 확인하며 모퉁이를 돌았다.

"욱!"

지독한 냄새가 나는 좁은 골목이었다. 한옥 마을 한복판인데도 왜 여기만 사람이 없는지 이해가 갔다. 생선 썩은 내가 풍겨 오는 좁은 길 옆으로 한옥 담벼락 사방에 정체 모를 노란 부적이 붙어 있었다. 주소를 확인해 보니 바로 그 근처 어디였다. 그때 내 눈에 좁은 덧문이 들어왔다. 이 근방에서는 유일하게 사람이 드나들 수 있는 출입구지만, 단단히 닫힌 문에 크고 하얀 화선지가 붙어 있었다. 화선지에 적힌 문장은 이랬다.

'이 문을 여는 자, 교통사고로 유명을 달리할 지어다.'

저주 치고 멋없을 정도로 구체적이지만, 나로서는 문을 여는 것 말고는 다른 선택지가 없었다.

화선지를 조심스럽게 떼어 내고 문을 밀었다. 안에는 커다란 창고 같은 목조 건물이 있고, 출입문에 빗장이 걸려 있었다. 보통 사극에서 누군가를 납치해 가두어 둘 때 이런 창고를 쓰던데. 이 창고 말고는 사람이 있을 만한 곳은 보이지 않았다. 혹시 주변에 누가 있을까 해서 "저기요!"라고 외쳐 보려는데, 순간 괴이한 소리가 들렸다. 처음에는 개가 짖는 소리인 줄 알았다. 그런데 가만히 들으니 사람이 수군거리는 소리처럼 들리기도 했다. 빗장 너머 좁은 문틈에서 들려오는 것 같아 자세히 들어 보려고 한 발을 내디뎠다.

"누구냐?"

갑자기 누군가 버럭 소리를 질렀다. 깜짝 놀라 돌아보니 한옥 마을과는 전혀 어울리지 않는 남자가 서 있었다. 목덜미부터 얼굴까지 온통 문신으로 도배하기는 했지만 굉장히 어려 보였다. 아저씨라기보다 형에 가까웠다.

"빨리 안 나가? 여기는 관광객 출입 금지야! 사진 찍는 곳이 아니란 말이야!"

"서, 서민영 부탁으로 왔어요!"

여기 오기 전에 설사 누군가를 만나더라도 신중해야 한다고 스스로 다짐했다. 그런데 막상 상대가 목소리를 높이자 나도 모르게 '서민영의 부탁'이라는 말을 입에 담고 말았다. 이 사람이 또 다른 추격자라면 큰일인데.

"서민영?"

다행히 아닌 듯했다. 그 형은 땅에 질질 끌리는 청바지 뒷주머니로 삐딱하게 손을 집어넣더니 담배를 꺼냈다. 그런데 담배가 심상치 않았다. 무려 '담뱃대'였다. '호랑이 담배 피울 적에' 할 때 나오는 긴 담뱃대. 형은 후 하고 연기를 뿜었다.

"서민영이 보내서 왔다고?"

“네. 도와달라고…….”

“흐음. 드디어 교단에 걸린 모양이구먼. 아무튼 지독해, 그놈들도.”

‘교단’은 또 무슨 얘기일까 어리둥절해하자 형은 씨익 웃었다. 입꼬리를 어찌나 치켜올렸는지 입술에 달고 있는 피어싱이 딸랑거렸다.

“좋지. 이 은혜는 일 억으로 갚으라고 해.”

무슨 말을 하는지 몰라서 멍하니 있는데, 형은 바로 창고 쪽으로 걸어가 빗장을 풀었다.

“넌 들어오지 말고 거기서 기다려.”

창고 안으로 들어가려던 형이 갑자기 나를 돌아보았다.

“참, 너는 뭘로 갚으라고 했냐?”

“네? 뭘 갚아요?”

“뭐긴. 은혜 말이야. 돈? 혹시 일 억보다 더 받은 건 아니지? 빨리 말해. 일 억보다 더 받았으면 나도 금액을 올려야 한단 말이야.”

“돈은 안 받았는데…….”

그 말을 듣자 형은 나를 가만히 쳐다보았다. 그러더니 씩 웃으며 내 어깨를 툭툭 치곤 조언했다.

“뭘 받을지 빨리 정하는 게 좋을 거다. 여러모로 이용할 구석이 많잖아.”

말 같지도 않은 조언을 남기더니 양아치는 창고 안으로 들어가 버렸다. 처음에는 서민영 부탁대로 도와달라는 말만 전하고 돌아올 생각이었다. 그렇지만 도대체 저 인간의 정체가 뭔지 확실하게 알아야씠다는 생각이 들었다. 혹시 인간 말종이라면 저 자식 대신 나한테 기대라고 서민영을 설득해야겠다.

나는 어두운 창고 속으로 한 걸음을 내디뎠다.

10

창귀 ①

창고 안에 들어서자마자 깜짝 놀랐다. 발을 내딛는 순간 그곳이 상상 이상으로 넓다는 걸 깨달았기 때문이다. 항구의 컨테이너들이 수백 개는 들어갈 법한 공간이었다. 분명히 바깥에서 봤을 때는 가재도구나 쌓여 있을 법한 작고 낡은 창고였는데.

아무것도 없는 거대한 공간은 햇빛이 들지 않는 안쪽으로 이어졌다. 그곳에서 저벅저벅 걸어가는 소리가 들렸다. 양아치일 것이다. 나는 조용히 소리를 쫓아갔다. 발소리가 멈추지 않는 걸 보면 내가 따라올 거라고는 생각도 못 하고 있는 게 틀림없다. 그렇지만 이상하게도 안쪽으로 들어갈수록 사방에서 나를 바라보는 것 같은 느낌이 들었다.

소리를 쫓아갈수록 빛줄기가 옅어져 갔고, 곧 방향조차 가늠하지 못할 정도로 어두컴컴해졌다. 그에 비례해서 누가 나를 쳐다보는 것 같은 감각은 더욱 강해졌다.

'침착해. 침착해. 겁먹지 마.'

우습게도 이제는 양아치의 발소리만이 유일하게 붙잡을 수 있는 동아줄이었다. 발소리만이 여기가 어디고 내가 왜 여기에 있는지 끊임없이 알려 주었다.

철컹. 저 앞에서 발소리가 멈췄다.

"얘들아, 얘들아. 나의 사랑스러운 창귀들아. 오랜만에 밖으로 나갈 시간이 왔다."

'무슨 귀?'

양아치의 목소리가 울리는 통에 제대로 들을 수가 없었다. 처음 들어올 때보다 더 큰 공간에 와 있는 것이 틀림없었다.

"알아. 그동안 단속 때문에 힘들었지? 오늘 오랜만에 스트레스 좀 풀자. 원하는 만큼 죽여도 상관없어."

순간 소름이 돋았다. 뭘 해도 상관없다고? 갑자기 불쾌한 소리들이 울려 퍼졌다. 칠판을 손가락으로 있는 힘껏 긁을 때 날 법한 소리가 앞뒤, 좌우, 위에서 메아리쳤다. 귀를 막고 눈을 감아야 겨우 견딜 수 있을 정도로 고통스러웠다.

"교단 놈들, 골탕 좀 먹어 보라지."

쩔그렁쩔그렁. 쇠붙이끼리 부딪치는 소리가 들렸다. 끔찍한 소음을 뚫고 들릴 정도로 아주 가까운 곳에서 났다. 양아치가 아주 가까이에 있었다.

"어디 보자."

양아치의 목소리가 들린 쪽으로 몇 걸음 옮긴 순간, 탁 하는 소리가 나더니 얼마 떨어지지 않은 곳에서 불이 화륵 피어올랐다.
횃불을 든 그는 내가 보고 있다는 걸 아직 눈치채지 못한 듯했다.

"덩치가 제일 크니 네가 좋겠다. 그동안 배고팠지?"

짤랑 소리와 함께 양아치가 열쇠고리를 들어 올렸다. 절걱거리며 자물쇠 열리는 소리가 났다.

"웃차. 이리 오렴."

양아치는 앞으로 손을 뻗더니 뭔가를 잡아 번쩍 들어 옮겼다.

"귀여운 녀석 같으니."

그게 뭔지 보려고 한 걸음 다가간 순간, 딸랑 하며 발아래서 뭔가가 채였다. 금속 소리가 났는데, 뭔지는 알 수 없었다.

중요한 건, 들켰다는 것이다.

"누구냐?"

양아치가 날카롭게 소리를 질렀다. 칠판을 긁는 듯한 소리가 순식간에 사라졌다.

"그 꼬맹이구먼. 분명히 밖에서 기다리라고 했을 텐데……."

한숨과 함께 횃불이 꺼졌다. 이제 아무것도 보이지 않았다. 겁이 나서 꼼짝도 할 수 없었다.

"마침 잘되었군. 우선……."

어둠 속에서 양아치의 목소리만 들렸다.

"저놈부터 죽여!"

그 말을 듣고도 나는 아무것도 할 수 없었다. 호흡이 힘들어졌다. 다리가 떨렸다. 나를 삼킬 것만 같은 짙은 어둠 속에서 뭘 해야 할지 알 수 없었다.

"뭐 해! 이 멍청아!"

그때 종달새가 지저귀는 듯한 호통이 들려왔다. 그 소리는 마치 내 귓가에서 외치듯 쩌렁쩌렁했다.

"누, 누구세요?"

그렇게 외치는 순간, 내 오른쪽 쇄골에서 푸른빛 하나가 둥실 떠올랐다. 아니, 자세히 보니 빛이 아니었다. 활활 타오르는 주먹 크기 불꽃이었다.

"뭐 해? 이 바보야! 뛰어! 넌 지금……."

불꽃이 요란하게 흔들렸다.

"창귀 굴에 있다고!"

불꽃이 말을 하고 있었다.

"차…… 창귀……?"

흔들리던 불꽃이 일순 정지했다. 어이없어하는 것 같았다. 그러더니 곧 공중으로 떠올라 풍선처럼 부풀어 올랐다. 동시에 사방의 암흑이 걷히고 주변이 선명하게 드러났다.

머리 위로 솟아오른 셀 수 없이 많은 토굴들. 토굴의 입구를 막고 있는 철창살. 그 안에는 원숭이 몸에 머리에는 하얀 하회탈을 쓴 괴생명체가 있었다. 새빨간 눈자위로 웃음이 터질 듯 씰룩거리며 나를 응시하는 걸 본 순간, 나는 창고에 들어설 때부터 느꼈던 집요한 시선의 정체를 깨달았다.

"뭐 해, 이 바보야! 빨리 도망쳐!"

11

창귀 ②

나는 헐레벌떡 도망쳤다.

"바보야! 그쪽은 안 돼! 안 돼 안 돼 안 돼 안 돼!"

정체불명의 생물 때문인지 아니면 귓가에서 계속 들리는 목소리 때문인지 알 수 없지만, 정신이 나간 채로 무작정 달렸다.

"헉, 헉. 이제 괜찮은 거 아닌가……."

골목길을 벗어났다. 아직 햇볕이 내리쬐고 관광객들도 여전히 많다. 그래서 마음을 빨리 놓았는지도 모르겠다.

"괜찮지 않아 괜찮지 않아 괜찮지 않아 괜찮지 않아 괜찮지 않아!"

뜻밖에도 호통이 날아들었다.

"뒤를 봐!"

그 말대로 돌아보았지만 특별한 것은 보이지 않았다.

"뭐가 있다고 그래?"

"위! 바보야! 위에!"

한옥 지붕을 올려다보자 하회탈을 쓴 검은 원숭이가 눈에 들어왔다. 내가 본 순간 창귀는 재빠르게 모습을 감췄다. 나는 꼼짝도 못 하고 서 있었다. 그러자 창귀가 고개를 슬그머니 내밀며 나를 뚫어지게 쳐다보았다. 붉은 눈자위가 소름 끼치도록 불길했다.

"……."

다시 달리려고 하는데, 또다시 목소리가 들렸다.

"안 돼, 안 돼, 안 돼! 그쪽은 안 돼!"

나도 모르게 목소리를 따라 발걸음을 돌렸다. 그때 천둥 치는 듯한 고함이 다시 들렸다.

"그쪽도 안 돼! 대왕바보야!"

"그럼 어디로 가라는 거야?"

내가 맞서서 소리를 지르자 귀에서 불꽃 하나가 퐁 튀어나왔다. 신싸 고박지만 해서 독특한 푸른색이 아니면 알아보지 못힐 징도로 작았다. 아까 창고에서 봤던 불꽃이다. 아니다. 생각해 보니 누명을 쓰고 일진들에게 맞을 뻔했던 날에 추격자 소녀와 함께 나타난 불꽃이었다.

"차도는 안 돼! 차도는 절대로 안 돼! 저건 창귀란 말이야! 탈것이 있는 곳은 절대로 안 돼!"

푸른 불꽃은 날벌레처럼 내 주위를 날아다니며 끊임없이 떠들었다.

"뛸 필요 없어! 뛸 필요는 없어. 체력이 떨어지잖아! 이 바보야!"

"그래서 걷고 있잖아."

숨을 헐떡이며 말했다. 좁은 경사로를 사이에 두고 한옥들이 마주 보고 있는 곳으로 걸어갔다. 빽빽하게 모인 수많은 관광객이 오르내리고 있었다. 푸른 불꽃이 말한 대로 차량이 들어올 수 없는 곳이다. 나는 인파를 헤치며 한동안 말없이 걸었다.

'이제 안 쫓아오지 않을까.'

인파 속에 섞여 있다 보니 다소 마음이 놓였다. 정체 모를 생명체도 나를 발견하기가 쉽지 않을 것이다. 몇 번 돌아보았지만 오르내리는 사람들 말고 다른 건 보이지 않았다. 푸른 불꽃 또한 한동안 말없이 잔잔히 날아다녔다.

휴 하고 안도의 한숨을 쉬는데 푸른 불꽃이 말했다.

"멍청아. 나무. 나무를 봐."

'나무? 무슨 나무⋯⋯?'

그렇게 생각한 순간, 그때까지 눈에 들어오지 않던 큰 가로수를 발견했다. 사실 가로수라기보다 한옥 정원에서 자란 소나무가 바깥까지 무성하게 가지를 뻗은 것이었는데, 그 사이에 창귀가 있었다. 무성한 잎 사이에 숨어 사람들 눈에 뜨이지 않도록 꼼짝도 하지 않은 채 나를 바라보았다. 그 모습을 본 순간 확신이 들었다. 창귀는 나를 놓치지 않을 것이다. 끝까지 나를 따라온다.

"도대체 저건 뭐야⋯⋯."

"멍청아. 이미 말했잖아. 저건 창귀야."

푸른 불꽃이 조용히 속삭였다. 창귀가 뭔지는 알고 있다. 교과서에도 나오고, '창귀'라는 노래도 들어 본 적이 있는데.

“창귀라면 호랑이한테 죽은 귀신?”

불꽃이 갑자기 확 거졌다. 짜증을 내는 것 같았다.

“요즘 세상에 호랑이가 어디 있어? 하나만 알고 둘은 모르는 녀석! 창귀는 교통사고로 죽은 원혼들이 구천을 떠돌다가 타락해 요괴로 변한 존재야.”

“근데 왜 창귀야?”

“옛날 호랑이만큼이나 사람들이 많이 죽는 원인이 교통사고라서 그렇게 불러.”

“교, 교통사고로 죽은 원혼이 왜 나를 따라와? 뭘 어쩌려고.”

“바보야. 저것들한테 이유가 있어 보이니? 아까 창귀 굴 주인이 명령했으니까 그냥 따르는 것뿐이야. 널 죽이라는 소리를 들었을 거 아냐.”

그 말에 서설로 숨이 옅어졌다. 다리에 힘이 빠졌다. 눈물이 나올 것 같았다.

“이제 어떻게 해야 해?”

“걱정 마.”

푸른 불꽃이 자신만만하게 말했다.

“이미 주인님께 연락했어. 그분이 오실 때까지 너는 이대로 도망만 다니면 돼. 달리는 물체만 피해 다니면 저건 아무것도…….”

푸른 불꽃이 갑자기 말을 뚝 끊었다.

“왜! 왜! 하필이면!”

그 말에 놀라 시선을 돌리자 뜻밖의 광경이 눈에 들어왔다. 저

앞에서 철없어 보이는 남자가 해맑게 웃으며 이쪽으로 내려오고
있었다.

전동 킥보드를 탄 채.

12

창귀 ③

"도망쳐!"

유감스럽게도 불꽃의 경고보다, 나의 도주보다 창귀가 훨씬 빨랐다. 이때만 기다렸다는 듯 내 머리 위를 훌쩍 뛰어넘었다.

'……?'

창귀는 전동 킥보드의 그림자 속으로 들어갔다. 너무 빨라서 애초부터 존재를 인지한 나 말고는 아무도 보지 못했을 것이다. 전동 킥보드 주인도 마찬가지인 듯했다.

"어라?"

갑자기 잘 나가던 전동 킥보드가 멈추니 당황해했다. 몇 번 손잡이를 돌리더니 발로 툭툭 찼다. 그 순간이었다.

"우와악!"

그 사람은 아래로 우당탕 굴러 떨어졌다. 사람들이 쳐다봤으나 아주 잠시였다. 곧 기겁해서 정신없이 도망 다녔다.

"으아악!"

텅 빈 킥보드가 자기 혼자 돌진해 왔다. 그것도 아주 무서운 속도로. 킥보드는 밀집한 사람들 사이로 달려오더니, 미처 피하지 못한 살집이 두둑한 아줌마를 세게 들이받았다.

"아악!"

아줌마가 비명을 지르며 넘어졌고 킥보드는 그 몸을 짓밟고 넘어갔다. 그러더니 좁은 인도에 빽빽하게 모여 옴짝달싹 못 하는 관광객들을 마구 들이받았다.

"뭐 하는 거야, 이 바보야! 도망가야 한다니까!"

푸른 불꽃이 고래고래 외쳤다.

"널 노리는 거라고!"

사람들을 신나게 들이받던 킥보드가 잠시 멈췄다. 그러더니 손잡이가 꼭 뱀의 머리처럼 스르륵 나를 향해 돌았다.

'도망쳐야 해!'

정체 모를 불꽃의 충고를 따랐을 것이다. 바로 앞에서 쓰러지는 할아버지를 보지 않았더라면.

"어, 어어, 으어어……."

지팡이를 놓친 할아버지는 어쩔 줄 몰라 했다. 전동 킥보드는 할아버지 너머에 서 있는 나를 보고 그대로 돌진하려 했다. 이러다가는 할아버지가 킥보드에 정통으로 치일 것 같았다. 그 생각을 한 순간, 나도 모르게 몸을 날려 할아버지의 몸을 덮었다.

'나를 노리는 거잖아. 상관없는 사람이 다치게 둘 순…….'

그러나 나는 곧 후회했다.

"아악!"

내 오른팔에서 뼈 부러지는 소리가 들렸다. 전동 킥보드와 부딪치는 순간 극심한 고통과 함께 눈앞이 암전되었다. 정말 죽는 줄 알았다. 킥보드가 아니라 야수 같은 것이 나를 물어뜯고 지나간 것 같았다.

"하, 학생……. 괘, 괜찮아?"

할아버지가 그렇게 물었지만 절대 괜찮지 않았다. 나를 친 기세로 도망가는 어떤 누나를 뒤에서 들이받은 후, 전동 킥보드는 바로 머리를 돌렸다. 지그르릉 소리를 내며 타원형으로 돌아 나에게서 멀어졌다. 속도를 내기 위해 거리를 벌리는 것이다. 도망쳐야 하는데 오른팔이 너무 아파서, 아직 할아버지가 옆에 있어서 그럴 수가 없었다.

뭘 해 볼 사이도 없이 전동 킥보드가 돌진해 왔다. 순식간에 앞바퀴가 코앞까지 다다랐다. 이대로 얼굴이 짓뭉개지겠구나 생각한 순간이었다.

화악 하며 내 목덜미에서 갑자기 불꽃이 피어올랐다. 양아치 여럿을 위협해 쫓아 버렸을 때처럼. 의외로 전혀 뜨겁지 않았으나 전동 킥보드는 화들짝 놀란 듯 손잡이를 틀어 나를 비껴갔다.

"고, 고마워 불꽃아."

"감사 인사는 나중에! 빨리 일어나서 달려!"

"하지만 할아버지가 아직……."

"네가 여기 있으면 할아버지가 계속 위험하잖아! 머리가 그렇게 안 도니? 이 바보야!"

불꽃은 맞는 말만 했다. 그래서 오른팔이 끊어질 듯이 아팠지만 꾹 참고 일어섰다. 방금 눈앞에서 벌어진 광경에 혼이 나간 할아버지로부터 비틀비틀 멀어졌다. 그렇지만 길은 좁고 사람들은 너무 많았다. 도망치는 사람들에 구경하는 사람들까지 섞여 좀처럼 달아날 수가 없었다. 인파에 부딪칠 때마다 팔이 몹시 아팠다.

"허억…… 허억……."

"차도로는 절대 가면 안 돼! 알았지!"

불꽃의 말이 겨우 이해됐다. 창귀가 전동 킥보드에게 들러붙는 것만으로 저 야단이 났는데, 혹시 자동차에 들러붙는다면……. 상상도 하기 싫었다.

'하지만 도대체 어디로 가야 하지?'

차도가 아닌 인도로만 가야 한다. 동시에 킥보드가 날뛰고 있으니 사람 많은 곳도 피해야 한다. 처음 와 보는 한옥 마을인데 그런 곳이 어디 있는지 어떻게 알겠는가. 결국 자동차는 절대 못 들어올 것 같은 한옥들 사이 좁은 길로 뛰어들었다.

그런데 몇 발자국 걸었을까, 뒤에서 까그륵 하고 바퀴가 지면을 긁는 소리가 났다.

"아까 그거 다시 한번 해 주면 안 될까?"

"멍청아. 소용없어. 아까는 처음이니까 놈도 놀랐던 거야. 이제는 무시하고 그냥 널 쳐 버릴걸?"

귀신 들린 전동 킥보드가 어느새 코앞까지 쫓아왔다. 내 쪽으로 앞바퀴를 돌린 채 가만히 서 있었다. '귀여운 것, 어디 더 도망가 보렴.' 하고 조롱하는 것만 같았다.

"이제 어떻게 해야 해?"

"음……. 이 악물고 버텨. 저건 자동차도 아니잖아? 치여 봤자 뭐 큰일 나겠어?"

"전동 킥보드에 치여서 죽는 사람도 있다고!"

불꽃이라서 사람 사는 세상은 잘 모르는 게 확실했다.

"무슨 소리를 하는 거야? 아까도 안 죽었잖아. 기껏해야 팔 하나 부러진 게 다인걸."

"뭐? 내 팔이 부러졌어?"

심하게 아프긴 했지만 설마, 진짜로 부러졌다고? 용기가 없어 안 보고 있던 오른팔을 그제야 보았다. 시퍼런 멍이 들었다. 그건 둘째 치고 팔꿈치 각도가 조금 이상하게 꺾여 있었다. 큰일 났다. 울고 싶어졌다. 오른팔인데.

"앞으로 몇 번만 참으면 될 거야."

"오른팔 말고 다른 데도 이렇게 되라고? 제정신이야?"

왼팔, 왼다리, 오른다리, 등, 목, 허리. 하나하나 골절된다는 건가? 순간 귀신 들린 전동 킥보드가 바로 그걸 노릴지도 모른다는 생각이 들었다.

"사내자식이 골절 정도로 요란 떠는 거 아니야."

"그걸 지금 말이라고 해? 아, 아니 잠까안!"

불꽃하고 나 사이 말다툼이 지겨워진 모양이었다. 전동 킥보드가 무서운 속도로 돌진해 왔다. 정말 이 악물고 참는 수밖에 없겠다고 생각하며 눈을 꼭 감았다.

그런데 이상했다. 고통이 느껴지지 않았다. 대신 중력을 이기고 몸이 솟구쳐 올랐다.

"주인님!"

눈을 떴다.

정체불명의 추격자, 설화랑이 바로 내 옆에 있었다. 나를 겨드랑이에 끼우고 오토바이를 탄 채였다. 그리고 아직도 대머리였다.

"늦지 않아 다행이구나."

설화랑의 한숨이 내 뺨에 닿았다.

13

창귀 ④

어째서인지 설화랑이라는 낯선 이름이 바로 기억났다. 나랑 나이 차이가 크게 나지 않을 것 같은 여자애 옆구리에 착 달라붙어서 귀신 들린 전동 킥보드랑 대치하고 있는 해괴망측한 상황 때문인 것 같았다.

"탐이 나더냐?"

부릉부릉. 오토바이가 요란한 소리를 냈다. 그러자 전동 킥보드가 다소 이상해졌다. 그림자가 마구 일그러지면서 꿈틀거리더니 아까까지만 해도 맹렬하게 날뛰던 킥보드가 힘을 잃고 쓰러질락 말락 했다.

"와서 데려가 보지 그러느냐? 그리 용이하지는 않겠지만 말이다."

설마 나를 두고 하는 말인가? 겁이 더럭 났다.

"저, 저를 미끼로 쓰시려고요……?"

설화랑이 나를 힐끗 보았다. 표정을 읽을 수 없는 얼굴이었다.

"이 바보야! 주인님이 그러실 리가 있냐?"

말 없는 그 애 대신 불꽃이 대뜸 목소리를 높였다. 설화랑이 나타나고 나서 농구공 크기만큼 불어나 활활 타오르고 있었다.

"주인님은 너 같은 바보들을 지키려고 싸우는 분이야! 이 멍청아!"

"비형. 수고 많았다만……. 입 좀 닫거라."

설화랑은 다시 정면의 킥보드를 주시했다.

"고육지책으로 놈을 꾀려는 건 맞다만, 미끼로 쓰는 건 네가 아니라 이륜차니라."

"이륜차?"

"내가 타고 있는 이것 말이다."

"한자 공부 좀 해라! 멍청아!"

오토바이로 귀신 들린 킥보드를 꾀어낸다고?

"창귀는 탈것에 붙어 사람의 목숨을 노린다. 그림자에 붙어 이동하기 때문에 해치우기가 그리 쉽지는 않지. 다만 약점은……."

그 순간 킥보드가 완전히 쓰러졌다. 그리고 그림자 속에서 무언가가 솟아올랐다. 검고 큰 원숭이 몸에 하회탈을 쓰고 있는 괴물. 교통사고로 죽은 원혼이 구천을 떠돌다가 요괴로 변한 것이라는 설명이 기억난다. 왜 꼭 이런 것만 또렷이 떠오를까?

"더 좋고 값비싼 탈것에 붙고 싶어 하지."

크르릉 소리를 내더니, 솟아오른 창귀가 오토바이를 향해 뛰어올랐다. 아니, 정확하게는 오토바이가 아니라 오토바이 앞으로 늘어진 핸들과 바퀴의 그림자 안으로 다이빙하려고 했다. 아까 전동 킥보드에 그랬던 것처럼.

"어림없느니라."

창귀는 빨랐지만 설화랑은 더 빨랐다. 순식간에 후진해서 그림자와 창귀 사이를 벌렸다. 기회를 놓친 창귀가 이쪽을 노려보았다. 하회탈 특유의 벙실거리는 얼굴은 여전하지만 빨간 눈에는 웃음기가 사라졌다.

"이대로 물러가도 상관없느니라. 하지만 도저히 그럴 수 없겠지. 탐욕스럽고 어리석은 요괴여."

창귀가 다시 달려들었다. 설화랑은 다시 피했다. 부릉 부르릉. 크릉 크르릉. 반복이었다. 눈앞에는 괴물이 있고 오토바이에 매달린 나는 멀미가 났다. 그 와중에도 설화랑이라는 추격자가 정말 끝내준다고 생각했다. 기웅치 한 데도 지나가기 어려운 좁은 실에서 오토바이가 마치 자신의 몸이라도 된 것처럼 자유자재로 움직였다. 나는 눈으로 보기도 힘든 창귀의 습격을 잽싸게 피했다. 더 엄청난 점은 창귀가 노리는 것이 우리가 탄 오토바이가 아니라 오토바이의 그림자라는 사실이다. 아까 전동 킥보드에 그랬듯 오토바이에 들러붙어 조종하려 했고, 그때마다 설화랑은 곡예에 가까운 움직임으로 창귀와 거리를 벌렸다.

문득 설화랑이 말했다.

"오는구나."

하회탈이 부르르 떨리나 싶더니 창귀가 잔뜩 웅크렸다. 그 상태에서 앞다리와 뒷다리가 마치 뼈가 길어지듯 주욱 늘어났다.

다음 순간 창귀가 사라졌다. 뒤에서 인기척이 느껴져 돌아본 순간, 창귀는 거기에 있었다. 손만 뻗으면 닿을 정도로 가까우면서도 창귀는 나보다 오토바이를, 아니 오토바이 그림자를 노렸다.

"조심……."

'해요'라고 외칠 것까지도 없었다. 설화랑은 뒤를 돌아보지도 않았다. 단지 허리를 활처럼 휘더니 오토바이 뒷바퀴를 통째로 들었을 뿐이다.

"……끝내준다."

'조심해요'는 '끝내준다'로 바뀌었다. 사라진 그림자 때문에 창귀는 바닥에 헛되이 머리만 박았다.

"주인님! 어째서 일도양단하지 않으셨습니까?"

불꽃이 재잘거렸다.

"주인님을 옆에서 모셔 온 저는 알 수 있어요. 방금 그 동작을 계속 유도하셨잖아요! 창귀 놈 동작이 커지는 순간을 노리시고요! 어이하여……."

"그리하려고 했다만."

설화랑이 조용히 오토바이를 움직여 창귀로부터 거리를 두었다.

"생각해 보니 한 손으로 오토바이를, 다른 한 손으로 이 친구를 잡은 채로는 무기를 꺼낼 수가 없더구나."

"아니! 어이하여 미리 생각지 못하시고!"

나는 어쩐지 미안해졌다.

"제가 오토바이 뒤에 타면……."

"이 인 이상 탑승은 교통 법규 위반 행위이니라."

"……."

"농을 한 것이다. 급하면 어쩔 수 없긴 하다만, 네 부러진 손으로 나를 붙잡을 수 있을 것 같지 않구나."

설화랑이 농담을 하다니, 의외라는 생각이 들었다.

"하여간 만악의 근원!"

"비형."

"넵! 닥치겠습니다!"

"아니, 위로 올라가 상황을 좀 살펴보고 오너라. 사이렌 소리가 들리는 듯하구나."

불꽃은 명령받은 대로 폭죽처럼 꼬리를 끌며 위로 올라갔다. 슬슬 어두워지기 시작한 하늘이라 그 모습이 꽤 잘 보였다.

"서두르지 말거라."

그사이 창귀가 또 한 번 오토바이 그림자를 덮치려 했으나 설화랑은 재빠르게 피했다. 그때 내 뺨에 닿은 코트 아래로 설화랑의 젖은 옷이 보였다.

'설마, 피?'

다쳤나 싶었는데 다행히 땀이었다. 그제야 설화랑의 볼과 목을 타고 흐르는 땀을 발견했다. 나를 옆구리에 낀 채 오토바이로 곡예를 부렸으니 어쩌면 당연한 일이었다. 설화랑의 체력이 서서히 떨어져 가고 있었다.

“괘, 괜찮은 건가요, 우리?”

설화랑은 내 말에 대답하는 대신 낙하하는 불꽃을 바라보았다. 불꽃은 내려오면서 크기를 줄이더니 날벌레 정도가 되어 설화랑의 귀 안으로 쏙 들어갔다. 잠시 후, 설화랑이 한숨을 내쉬었다.

“나, 나쁜 소식인가요?”

“경찰이 온 모양이구나.”

전동 킥보드가 폭주하며 사람을 여럿 쳐서 다치게 했다. 유명한 관광 명소 한복판에서 사건이 벌어졌으니 당연히 누가 경찰에 신고했을 것이다. 문제는 그게 우리한테 좋은 소식인지 나쁜 소식인지 감이 안 잡힌다는 점이었다. 설화랑에게 물어볼 수밖에 없었다.

“아직 모른다. 다만 확실한 건…….”

설화랑은 오토바이 핸들을 잡았다. 앞에서 창귀가 발을 굴렀다.

“건곤일척의 승부를 걸 때가 되었다는 것이다.”

14

창귀 ⑤

"어디로 가는 건가요?"

바람이 얼굴을 세게 때려 눈조차 제대로 뜰 수 없었다.

"멍……아! 너…… 기만 있…… 돼!"

목소리도 제대로 들리지 않았다. 우리는 오토비이를 딘 채 한옥 지붕 위를 아주 빠른 속도로 달렸다. 밑에서 기와 깨지는 소리가 들려왔다. 조금만 실수해도 균형을 잃고 아래로 추락할 것 같았다.

"그래도! 어디로 가시는지! 좀! 알려 주시면! 안 되나요?"

고래고래 소리를 질렀다. 지붕 위로 오토바이를 모는 여자의 팔에 매달려 있다니. 그것보다 더 무서운 건 바로 뒤까지 쫓아온 창귀였다. 얼마나 빠른지, 어느새 머리가 내 발치에 닿을락 말락 했다. 하회탈의 입이 선득거리며 미소 지을 때마다 소름이 끼쳤다.

"이러다 잡히겠어요!"

"안심하거라. 그런 일은 일어나지 않는다."

백 킬로미터가 넘는 속도로 질주하면서 설화랑은 목소리도 말투도 전혀 흐트러지지 않았다.

"혹 경찰차를 발견하거든 알려 다오. 비형 너도."

"넵!"

"경찰차? 우린 지금 경찰차를 피해서 도망가는 것 아니었나요?"

"바보야! 토 달지 말고 주인님이 시키는 대로 해!"

"아니다. 사냥꾼이 미끼로부터 도망가면 어쩌자는 것이냐."

'미끼?'

무슨 말인지 이해하지 못했다.

"비형. 경찰차는 어디 있느냐."

"죄송해요! 주인님! 건물이랑 사람들 때문에 잘 보이지 않아요! 왜 경찰차를 찾으시는지 알면, 더 잘 도와드릴 수 있을 텐데요!"

"아, 진짜 말 많네!"

나는 매달린 채로 투덜거렸다.

"너한테 물은 거 아니니까 조용히 해!"

설화랑은 오토바이의 중심을 잡으며 대답했다.

"이 오토바이보다 크고 좋은 탈것이기 때문이다."

무슨 뜻인지 깨달은 순간, 무언가 눈에 들어온 건 우연이었을까.

"잠깐만! 경찰차를 찾을 필요까지 없을 것 같아요!"

설화랑이 나를 보았다.

"오른쪽 한 시 방향! 불법 주차!"

설화랑의 눈이 빛났다. 오토바이가 순식간에 방향을 틀었다. 중력이 우리를 끌어당겼다. 곧이어 착지. 설화랑과 나는 지상으로 내려왔다. 창귀도 우리를 따라 뛰어내렸다. 창귀의 눈은 오토바이가 드리운 그림자에 탐욕스럽게 못 박혀 있었다. 주차 금지라는 글자를 짓밟고 서 있는 고급스러운 외제 차를 발견하기 전까지는.

차 보닛에 달린 삼각 별 모양 엠블럼을 본 창귀는 눈이 커다래졌다. 창귀는 공중에서 몸을 틀어 외제 차로 손을 뻗었다. 그때였다.

"어리석은 것."

설화랑의 나지막한 비웃음과 함께 창귀의 목이 몸에서 분리되었다. 투두두둑. 공중에서 피가 흩어졌다. 머리와 몸이 분리된 채 쿵 소리와 함께 아래로 떨어진 창귀의 모습을 나는 멍하니 보았다. 허공에 커다란 톱이 위잉위잉 소리를 내며 떠 있었다.

"부름에 응해 주서서 고맙소, 손이시여."

설화랑이 톱을 향해 정중히 고개를 숙였다. 누구한테 이야기하는 거지?

"수고 많으셨소. 그 전동 기기는 원래 있던 곳에 도로 놓아 주시오."

그러자 톱은 지잉 소리를 내며 작동을 멈추더니 어딘가로 날아가 버렸다.

"역시 주인님! 굉장하십니다! 그런데 왜 총을 안 쓰시고…….아, 설마 남자애 앞이라 멋있게 보이시려고……?"

"어리석은 소리 하지 말거라."

설화랑은 오토바이에서 내려 창귀의 시체에 다가갔다.

“도심에서 총을 쏠 수는 없는 일 아니냐.”

설화랑이 말을 막 마쳤을 때, 조금 떨어진 곳에서 경찰들이 달려오는 소리가 들렸다. 경찰을 보자 아까 창귀한테 쫓길 때보다 더 모골이 송연해졌다. 여기서 경찰에게 붙들려 가면 난 어떻게 해야 하지?

“너무 걱정 말거라.”

마치 내 마음을 읽은 듯한 말이었다. 툭 하고 무릎이 땅에 부딪쳤을 때에야 내가 그때까지 설화랑에게 안겨 있었다는 걸 깨달았다. 설화랑은 허리춤에서 네모난 천 조각을 꺼내더니 한 번 펄럭였다. 그러자 커다란 주황색 보자기로 변했고, 그걸 그대로 창귀의 몸에 덮었다.

“무슨 일입니까?”

경찰 아저씨가 화를 냈다.

“이 천은 또 뭡니까? 치우세요! 도대체…….”

“묻고 싶은 게 많으리라 짐작합니다.”

설화랑은 경찰들에게 천천히 다가갔다. 손에는 휴대폰이 들려 있었다.

“그 전에 이분과 이야기 좀 나눠 보시죠.”

휴대폰이 경찰의 손으로 넘어갔다. 우리를 잔뜩 노려보며 휴대폰을 귀에 댄 경찰의 얼굴에서 점점 노여움이 사라져 갔다. 대신 당황하고 겁먹은 표정으로 전화를 끊었다.

“이 사람들은 보낸다. 다른 사람들 못 들어오게 통제해.”

경찰은 동료에게 그렇게 말하고는 자리를 떠났다.

"너, 너 도대체 정체가 뭐야?"

서민영을 쫓는 추격자들이 경찰을 부릴 정도로 무서운 놈들이었다니. 나는 순간 두려움 때문에 폭발하고 말았다.

"배은망덕한 자식! 생명의 은인인 주인님께 먼저 감사 인사를 해야 할 것 아니냐!"

불꽃이 화르륵 타오르며 사람 키 정도로 커졌지만 나는 아랑곳하지 않았다.

"창귀라는 건 뭐고 너희들은 또 뭐야? 왜 서민영을 쫓는 거야? 말해!"

"나는……."

설화랑이 한 손으로 불꽃을 제지하며 입을 열었다.

"교닥이디."

나는 무슨 말인지 몰라 멈칫했다.

"그리고 너는 지금, 절체절명의 위기에 처해 있느니라."

15

교단과 요괴

"세상에, 학원까지 빼먹고 놀러 다니니? 정신이 있어, 없어!"

엄마의 호통에 귀에 따갑다.

"잘못했어요."

부러진 팔 때문에 엄마도 오래 혼내지는 못했다. 사실 잘만 하면 혼나지 않을 수도 있었다. 나는 학원 계단에서 구르는 바람에 팔이 부러졌다고 했고, 엄마도 안타까워만 할 뿐 의심하지 않았다. 하지만 방해꾼은 따로 있었다.

"엄마, 아니야! 저 자식 학원 빠지고 놀러 다니다가 다친 거야!"

동생이 엄마에게 영상 하나를 보여 주었다. '북촌 킥보드 역주행 영상!'이라는 제목이었다. 폭주하며 사람들을 치고 다니는 킥보드를 피해 다친 팔을 움켜잡고 북촌 거리를 비틀대며 걷는 내가 화면 속에 있었다. 부정의 여지가 없었다. 나는 미친 듯이 혼났다. 학원을 빠지고 놀러 간 죄에 거짓말한 죄까지 더해서.

방으로 돌아가 의자에 앉았다. 그리고 조용히 중얼거렸다.

"민영 누나……?"

커버가 살포시 들춰지더니 침대 아래에서 서민영이 모습을 드러냈다.

"괜찮아?"

"네. 저는 괜찮아요."

"못된 동생이네."

"누가 아니래요."

서민영은 내 앞에 어색하게 앉았다. 나도 무슨 말을 꺼내야 할지 몰라 한동안 침묵이 흘렀다.

"저기……."

"어……."

양쪽이 동시에 입을 열었다.

"미안해."

먼저 말하라고 하려는데 서민영이 먼저 사과했다.

"너한테 입은 은혜를 갚지도 못했는데 이런 일까지 당하게 하다니……."

그러더니 붕대를 감은 내 팔에 가만히 손을 얹었다.

"이걸 다 어떻게 갚아야 할지 모르겠어."

서민영의 눈이 살짝 촉촉해지자 나는 이성을 잃고 말았다.

"아니에요! 은혜라니, 그런 말 하지 마세요!"

나는 책상 아래서 오래된 책가방 하나를 끌어내어 내용물을 전부 꺼냈다. 서민영의 화보, CD, 이름이 새겨진 응원 밴드, 그룹 응원봉까지……. 전부 식구들 몰래 모아 온 굿즈들이다. 들켰다면 공부는 안 하고 이런 짓이나 하고 있냐며 박살이 났을 것이다.

"누나를 계속 응원해 왔어요."

내 진심이 서민영에게 전달되길 바라며 힘주어 말했다.

"전 누나 편이니까 자꾸 은혜를 갚아야 한다느니 미안하다느니 그런 말은 하지 않아도 돼요."

서민영은 내 말을 듣더니 미소를 띠며 말했다.

"고마워."

그러더니 무려, 나를 안아 주었다! 숨어 있느라 제대로 씻지도 못했을 텐데, 기분 좋은 향이 느껴지는 따스한 포옹이었다.

"받은 은혜는 반드시 갚아야 해. 그게 내 원칙이야."

서민영은 인간적인 동시에 똑 부러지는 강단도 있었다.

'이런 사람이 쫓겨 다녀야 하다니, 역시 뭔가 잘못됐어.'

나는 설화랑과 주고받은 대화를 떠올렸다.

"우리는 네가 방금 본 그 끔찍한 요괴들로부터 사람들을 지키고 있다."

"서민영이 그랬어. 너희들이 돈을 빌려주고 그걸로 협박한다고……."

"거짓이다."

설화랑은 단언했다.

"요괴가 존재한다는 건 믿을게."

내 눈으로 똑똑히 봤으니 믿지 않을 도리가 없었다.

"그럼 왜 서민영을 쫓는 거야?"

"반대로 물어보마. 너는 오늘 왜 창귀 굴에 갔던 것이냐?"

"그건……."

'서민영이 전해 달라는 말이 있어서'라고 대답하려다가 입을 다물었다.

"너에게 자세한 설명은 해 줄 수 없느니라."

설화랑은 아무 설명도 안 해 주면서 내 협조를 바랐다.

"다만 너는 방금 본 창귀와는 비교도 할 수 없이 삿된 요괴와 엮였느니라. 그것을 잡을 수 있도록 우리를 도와다오."

설화랑이 괴이한 힘으로 창귀의 목을 도려낸 순간이 떠올랐다. 끔찍한 괴물에 왠지 서민영이 겹쳐 보였다. 추격자들이 서민영을 잡는 순간, 서민영 또한 그렇게 최후를 맞이해야 할까?

나는 곰곰이 생각한 끝에 대답했다.

"싫어."

"어리석은 인간."

설화랑은 그 말만 남기고 물러났다.

"그러나 네가 무고한 인간인 이상 너에게 계속 기회를 줄 수밖에 없겠지.'

그런 뒤 사라졌지만, 아직도 나를 감시하고 있을지 모를 일이다. 갑자기 등장한 말하는 불꽃이 떠올랐다. 북촌에서 그렇게 큰 소동이 벌어졌는데도 겨우 '킥보드 역주행' 정도로 사태가 갈무리

된 것도 마음에 걸렸다.

교단. 알 수 없는 힘을 지닌 추격자들. 서민영에게 경고를 해 줘야겠다는 생각이 들었다.

"저, 그리고 말이에요. 북촌에 갔을 때……."

그때 방문이 벌컥 열렸다.

"뭘 그렇게 수군거려?"

엄마였다. 들고 있는 쟁반에는 진통제와 물컵이 놓여 있었다. 나는 그야말로 얼어붙었다.

들켰다.

엄마는 인상을 찡그리며 고개를 갸웃했다. 왜 조용하지? 엄마는 아이돌을 잘 모르나? 모르는 여자아이가 놀러 왔다고 생각한 건가? 엄마가 서민영에 대해 물으면 뭐라고 설명해야 할지 급하게 고민했다. 이 사람은 연예인인데, 길에서 사채업자들한테 쫓기는 걸 내가 구해 줘서 우리 집에 숨어 있는 거야. 사태가 해결되는 대로 나가겠다고 했어. 그러니까 그때까지만 여기 숨겨 주면 안 될까.

말도 안 되는 소리라 입 밖으로 꺼내지도 못했다. 폐 속의 산소가 바닥나고, 성대가 말라 갈라지는 것 같았다.

"화해했구나. 기특하다."

엄마는 영문 모를 말을 하더니 쟁반을 책상에 놓고 나갔다. 나는 뱀 앞의 개구리처럼 한참을 꼼짝도 못 하고 서 있었다.

"괜찮아?"

서민영이 툭툭 내 어깨를 건드렸을 때에야 휘청거렸다.

"하!"

나는 심장을 부여잡고 의자에 털썩 앉아 미끄러져 내렸다. 어떻게 들키지 않았을까?

"엄마가 누나를 보지 못했나 봐요! 와, 진짜 진짜 다행."

"어머니 발소리를 들었어. 그래서 바로 의자 뒤로 숨었지."

"그렇게 숨겨진다고요?"

"나는 몸이 작잖아."

나는 서민영을 멍하니 바라보았다.

"그래서, 북촌 갔을 때 왜?"

서민영이 계속하라며 재촉했다.

"거기서 만난 사람이 뭐라고 했는데?"

북촌에서 만난 사람은 둘이다. 장귀 굴의 주인과 설화랑.

"아, 그, 은혜는 일 억으로 갚으라고요."

"일 억."

금액을 들은 서민영의 얼굴이 흐려졌다. 결국 나는 설화랑 이야기는 하지 않았다. 서민영의 안색이 안 좋아졌기 때문만은 아니다. 엄마가 서민영을 발견하지 못한 게 어쩐지 마음에 걸렸다.

막간 ②

"키이이익!"

끔찍한 괴성이 울려 퍼졌다. 방호복을 입은 사람들이 마치 소독약이라도 뿌리듯 불을 쏘니 굴 속에서는 피할 방도가 없었다. 비록 시커먼 털에 원숭이 몸을 하고 얼굴에는 하회탈을 쓴 괴물들이지만, 뜨거운 화염을 피해 피가 날 때까지 손톱으로 암벽을 필사적으로 긁어 대는 모습은 가여울 정도였다.

"이럴 수가……."

이 모습을 영상 너머로 보고 있는 남자도 안타까워 부들부들 몸을 떨었다.

"내가 저걸 모으고 번식시키느라 얼마나 고생했는데."

"앉아라."

그 앞에는 검은 장삼에 흰색 가사를 걸친 건장한 스님이 앉아 있었다.

"상관없을 텐데. 네 창귀 굴은 저것 말고도 더 있을 테니."

"그건 그래."

방금까지 분노와 안타까움으로 벌벌 떨던 모습이 거짓말같이, 남자는 콧방귀를 킁 뀌며 시킨 대로 자리에 앉았다.

"창귀를 저렇게 모으다니 도대체 뭘 어쩔 작정이었나?"

"어쩌긴. 다 풀어 놓으려고 했지. 그러면 여기저기서 역주행, 급발진 사고가 날 테고 댁들은 혼비백산하겠지. 그게 고객의 의뢰였어."

"사람이 죽거나 크게 다칠 수도 있었어."

"킥."

남자는 비릿한 웃음을 흘렸다.

"다른 누구도 아닌 너희가 그런 말을 하다니. 요괴를 죽이기 위해 수단과 방법을 가리지 않는 너희기?"

"맞는 말이다. 우리는 요괴를 죽이기 위해 수단과 방법을 가리지 않지. 그런 우리에게 이렇게 비협조적으로 굴고도 무사할 줄 아나?"

"무사하지 않으면 어떻게 되는데? 댁들이 경찰이야 뭐야? 사람들은 댁들 존재조차 모르잖아."

"교단의 뒤에는 검사와 판사, 정치인두 있다."

"설령 그렇더라도 나를 어쩌지 못해. 세상이 요괴를 모르니까. 댁들 때문에."

남자가 낄낄 웃었다. 스님이 몸을 앞으로 숙였다.

“고객 이야기를 좀 해 볼까?”

“싫은데.”

“네가 말하는 고객이 ‘사슴’ 맞지?”

“그렇겠지. 인간에게 심부름을 시킬 수 있는 요괴는 그 정도밖에 없잖아?”

이번에는 남자가 몸을 앞으로 숙였다. 둘의 이마가 맞닿을 듯이 가까워졌다.

“위험 등급 ‘갑종’. 그 꼬마도 불쌍해. 아무것도 모르는 것 같던데 어쩌다가 엮였을까.”

“불쌍하다면 도와줘야지. 너도 같은 인간인데.”

“그러니까 안 돕는 거지. 인간은 도와 봤자 아무 쓸모 없어.”

남자가 손가락을 세우더니 까딱까딱 흔들었다.

“하지만 사슴은 다르지. 요괴잖아? 자신의 원칙은 반드시 지키거든. 그게 뭔지는 당신들도 알지?”

아주 잠시 침묵이 흘렀다.

“사슴에 대해 더 줄 수 있는 정보는 없나?”

“없어.”

“다른 창귀 굴이 어디 있는지 순순히 자백할 마음도 없겠지?”

“당연하지.”

스님이 말없이 일어섰다.

“그래서 난 언제 나가?”

“못 나간다.”

“뭐?”

남자의 얼굴에서 처음으로 웃음이 사라졌다.

“넌 이제부터 교단의 지하 감옥에 감금될 거다. 안됐군. 차라리 요괴였으면 깔끔하게 죽고 끝났을 것을.”

“이봐! 그런 게 어디 있어! 이건 불법이야!”

남자가 발버둥 쳤지만 수갑에 묶인 이상 헛된 행동이었다. 쾅, 옥문이 냉정하게 닫혔다.

“수고하셨습니다, 스님.”

“소득은 없었지만 말이지.”

스님은 자기처럼 머리털이 하나도 없는 소녀, 설화랑을 바라보았다.

“애초에 저지한테 원하는 건 없었습니다. 이미 단서는 찾았으니까요.”

“그 소년 말인가.”

“우리 주인님의 추리는 틀린 적이 없다고요!”

어깨 근처에서 솟아오르려던 불꽃을 설화랑이 주먹으로 쳐서 조용히 시켰다.

“사슴은 반드시 소년 곁에 있을 겁니다. 그날 소년이 숨겨 준 것이 틀림없습니다.”

“그렇다면 이런 방법은 어떤가? 소년을 아무도 모르게 잡아 오는 거다. 그러면 사슴은 반드시 소년을 구하러 오겠지. 그때를 노리면 어떤가?”

“교리에 어긋납니다.”

설화랑이 간결하게 대답했다.

“교단은 요괴 혹은 요괴를 이용해 사사로이 이익을 취하려는 자들만을 벌한다.”

“교리 핑계를 대지만, 사실은 너의 삿된 힘을 쓰고 싶은 것 아니냐?”

“아직도 저를 의심하시는군요.”

“경계하는 것이지. 너도 반쯤은 저들의 영역에 속한 자이니.”

설화랑은 비형이 튀어나오지 못하도록 온 힘을 다해 어깨를 눌렀다. 파르르 떨리는 손을 가만히 보고 있던 스님이 물었다.

“어쩔 셈이냐?”

“모든 건 주인님의 손바닥 위라고요!”

“비형! 다시 한 번 허락 없이 입을 열면 냉장고에 위리안치 시키겠다!”

기다렸다는 듯 튀어나온 불꽃 비형은 기가 죽은 채 파리 정도 크기로 줄어들어 설화랑의 품으로 몸을 숨겼다.

“우리가 소년을 잡아 오는 게 아니라 소년이 여기로 오도록 만들어야지요.”

“그러니까 어떻게?”

“제가 찾아 달라고 한 것은 어떻게 되었습니까?”

“아직. 경찰력을 총동원해서 찾고 있지만 아직 진척이 없군.”

“교단이 싫어한다는 건 알지만 제 힘을 써야겠습니다. 허락해 주십시오."

"역시나 그렇게 나오는군."

둘 사이에 어색한 침묵이 흘렀다. 스님이 한숨을 쉬었다.

"다른 도리가 없겠지. 하지만 찾을 때까지 사슴이 소년 곁에 붙어 있을까?"

"네. 반드시, 그럴 겁니다."

설화랑의 눈동자에 서리가 내릴 듯한 차가움이 감돌았다.

"요괴마다 집착하는 게 있으니까요. 창귀는 탈것, 사슴은……."

"보은(報恩)."

"그렇습니다."

"설화랑."

스님의 목소리가 갑자기 엄격해졌다.

"잊지 마라. 사슴이 최고 위험 등급 감종이라는 사실을. 너보다 훨씬 더 강하고 위험해. 소년에게 입은 은혜만큼 소년이 위태로워질 거야."

설화랑이 힘겹게 침을 삼켰다.

"그러지 않기를 바랍니다."

17

은혜 갚기 ①

시험이 바로 다음 주였다. 하지만 포기했다. 최근 일어난 일들 때문에 공부를 할 수가 없었다. 서민영이 내 방에 숨어 살게 된 데다가 난데없이 요괴한테 습격을 당했다. 최애와 요괴. 평생 직접 볼 일이 없을 거라고 생각했던 존재를 한꺼번에 둘이나 마주치니 도무지 정신을 차릴 수 없었다.

'진정하자.'

단순하게 생각하기로 했다. 유튜브에서 유명한 정신과 의사가 그렇게 말했던 것 같다. 여러 가지 일이 일어나 정신을 차릴 수 없을 때는 삶의 우선순위를 정하고 그중 가장 위에 있는 것에 집중하라고. 지금 나에게 영순위는 무엇일까. 공부? 아니다. 나의 최애, 서민영이다. 그녀의 안전이 최우선이다.

'서민영을 지켜야 해.'

생각을 굳히자 비로소 마음이 진정되었다. 요괴건 말하는 불꽃을 부리는 대머리 여자애건 절대로 나에게 서민영이 숨어 있는 위치를 캐낼 수는 없다. 그렇게 다짐하며 교실 문을 연 순간이었다.

"야, 왔다, 왔어!"

거우 찾은 내적 질서와 평화가 와르르 무너져 내렸다. 반 아이들이 놀란 토끼 눈을 하고 나에게 달려왔다. 반 아이들이 나에게 집중하는 일은 아주 드물다. 심지어 '공부'가 사람으로 형상화된 것처럼 교재 말고는 어디에도 눈길을 주지 않는 모범생들마저 교실로 들어선 나를 훔쳐보았다.

"진짜야?"

"왜 비밀로 한 거야?"

"대박!"

아이들이 말을 못 걸면 옷자락이라도 만져 보겠다는 기세로 나를 눌러쌌다. 숨을 못 쉴 지경인데 교실 밖에서 "함께 둥교했대!"라는 큰 목소리가 울려 퍼지고, 곧 드르륵 책상을 박차는 요란한 소리들이 들려오기 시작했다. 학교 축제에 연예대상을 받은 개그맨이 온 적이 있는데 그때와 거의 비슷한 분위기였다.

'이런 느낌이구나.'

나는 이를 악물었다. 조금씩 사태가 파악되었다. 대머리 여자애를 포함한 추격자들이 손을 쓴 것이 분명하다. 비밀을 내 주위 사람들에게 누설한 것이다. 이런 식으로 나를 몰아붙이다니. 그러나 나는 굴복하지 않을 것이다. 마음을 다잡고 외쳤다.

"나…… 나는 아무것도 몰라!"

내 입이 열린 순간, 북적거리던 아이들이 일제히 숨을 죽이고 나를 쳐다봤다.

"서민영이 어디 있는지 나는 몰라!"

죽음조차 각오하고 한 말이었다. 그런데 반응이 이상했다. 아이들이 어리둥절한 표정을 지었다.

"서민영이라니?"

"아이돌 아냐? 실종되었다는?"

"서민영이 여기서 왜 나와?"

나도 아이들도 서로를 영문 모를 시선으로 바라보았다.

"뭔 소리를 하는 거야. 이거 말이야."

한 명이 휴대폰을 내밀었다. 동영상 속에서 집이 불타고 있었다. 빌라 같았는데, 화마가 아래로부터 위로 날름날름 건물을 집어삼켰다. 불길한 회색 연기가 건물을 온통 감싸는 가운데 "어떻게 해!" 같은 안타까운 비명이 들렸다. 비명의 이유를 나는 조금 뒤 알게 되었다.

빌라 맨 위층에 사람이 있었다. 엄마 나이 또래로 보이는 여자와 아들로 보이는 아이. 지켜보던 사람들이 뛰어내리라고 외쳤지만 그러지 못하고 있었다. 엄마 혼자라면 다칠 걸 각오하고 뛰어내렸을지도 모르지만 아이가 있었다. 소방차는 아직 도착하지 않은 듯했다.

뒤이어 건물 벽을 타는 누군가가 보였다. 은색 배기관을 잡고 성큼성큼 불 속을 통과해 기어 올라갔다. 사람들의 비명이 더 커졌지만 그 사람은 아랑곳하지 않았다. 순식간에 엄마와 아이가 고립된 곳에 도착한 그는 아이를 꽉 껴안은 엄마를 안아 들었다. 이제 어떻게 내려올까 싶었는데, 그대로 훌쩍 몸을 날렸다. 찍던 사람도 경악했는지 다른 구경꾼들처럼 으아악 비명을 질렀고, 휴대폰 화면이 크게 흔들렸다.

이윽고 초점이 다시 잡힌 화면에 아이와 엄마를 안고 무사히 땅에 내려선 모습이 보였다. 설마 크게 다쳤나 싶었는데, 그는 아이와 엄마를 내려놓았다. 엄마는 눈물범벅이 된 채 고맙다며 연신 고개를 숙였고, 아이도 자그마한 손을 흔들었다. 두 명 다 살아 있었다.

와아, 찬탄과 함께 박수가 울려 퍼졌다. 엄청 좋은 휴대폰으로 찍었는지 너무도 선명한 화면에 그 사람의 모습이 정확히 드러났다.

내 얼굴과 몸, 내 팔다리. 거기에 서 있는 사람은 분명히 나였다. 우리 학교 교복까지 입고 있어 부정할 여지조차 없었다. 영상은 휴대폰을 향해 씨익 웃는 정체 모를 내 얼굴을 클로즈업한 뒤 끊겼다.

나는 고개를 들어 아이들을 바라보았다.

"끝내준다!"

"제목 봤어? 한국판 어벤져스래."

"너무 대단하다. 멋있어."

평소 내가 같은 반인 줄도 몰랐을 아이들까지 나를 존경스럽다는 눈길로 바라보았다. 그렇지만 정작 나는 어안이 벙벙했다.

"운동은 언제 그렇게 한 거야?"

운동? 한 적 없다. 화염을 뚫고 건물의 배기관을 타고 기어오르
다니. 그렇게 할 수 있는 용기가 있느냐 없느냐의 문제가 아니다.
내 운동 신경으로는 애초에 불가능하다.

"조회 수가 벌써 이백만 넘었어."

이백만이라니……. 내 유튜브 채널 구독자 수의 백만 배나 된
다. 구독자 한 사람은 나고, 나머지 한 사람은 엄마다.

"너 정말 히어로 같아."

"같이 사진 찍자. 우리 반 애라고 말해 줘도 안 믿더라고."

아니다. 아니야. 나는 히어로가 아니야. 왜냐하면 이건……. 겨
우 말문이 트이려고 하는데, 선생님 목소리가 들려왔다.

"황병찬. 잠깐 교무실로 좀 와라."

18

은혜 갚기 ②

"이게 네가 아니라고?"

교감 선생님은 내 해명을 듣고 어리둥절해했다.

"네. 제가 아니에요. 제 팔을 보세요. 부러졌다니까요?"

"그 사람들을 구하다가 부러진 것 아니었니?"

"아니에요."

"하지만 교복도 우리 학교 교복이고, 얼굴도 분명히 너잖아."

모른다. 정말 모르겠다. 도대체 무슨 일인지. 어쨌거나 동영상에 나오는 나, 아니 나와 많이 닮은 누군가는 내가 아니라고 필사적으로 해명했다.

"형제 관계가 어떻게 되니?"

이 질문을 왜 하는지 짐작이 갔다. 나는 여동생이 하나 있지만 절대 쌍둥이는 아니고, 나는 아빠를 닮았으며 동생은 엄마를 닮았다는 사실까지 설명했다.

“아쉽구나. 용감한 시민상을 준다던데. 네가 구해 준 분도 감사 인사를 하고 싶다고 기다리고 계셔. 그쪽에는 또 어떻게 설명해야 할지 참…….”

용감한 시민상.

고백하겠다. 그 말을 듣는 순간 내가 동영상 속의 히어로가 맞다고 해 볼까 잠깐 생각했다. 하지만 내가 아니다. 감사 인사를 받아야 하는 존재는 다른 사람이다. 공을 가로챌 수는 없다.

“넌 이제 큰일 났어.”

교무실을 나오는데 어깻죽지에서 파란 불꽃이 솟아올랐다. 놀랐지만, 처음 봤을 때만큼 놀라지는 않았다.

“넌, 그때 그 멍청한 불꽃?”

“누가 멍청한 불꽃이야! 비형 님이라고 불러!”

비형이라고 제법 멋들어진 이름을 댔지만, 내 기억 속에는 대머리 설화랑에게 얻어맞는 모습만 강하게 남았다.

“마침 잘 만났다. 넌 이게 다 어떻게 된 일인지 알지?”

“당연하지. 멍청한 인간. 너는 이제 완전 망했어.”

거드름 피우는 듯한 말투가 마음에 들지 않았다.

“지금이라도 늦지 않았어. 요괴를 어디에 숨겼는지 나한테 말해.”

“요괴라면 서민영?”

어림도 없는 소리다.

“싫어. 그보다 서민영이 이번 일이랑 무슨 상관인데?”

“상관이 왜 없어. 어디가 좀 모자라니?”

비형의 말투는 어쩐지 기쁜 듯했다. 다른 사람을 멍청하다고 구박할 수 있어서 신난 것 같았다.

"생각해 봐. 창귀를 만나질 않나, 너도 모르는 네가 나타나기까지 했잖아. 전부 요괴를 숨겨 준 후로 벌어진 일이야. 당연히 관련이 있지."

"어떻게, 어떤 식으로?"

"너무 자세한 것까지는 알 필요 없고. 요괴가 있는 장소나 불어."

솔직히 비형의 말이 맞다. 모든 괴이쩍은 일들과 서민영이 관련 없다고 생각하는 편이 더 부자연스럽다. 그렇지만…… 서민영을 응원하며 지금까지 지켜본 내 시간들 또한 분명히 존재한다. 비록 매체를 통해서였지만, 내가 봐 온 서민영은 부족한 자신에 대해 잘 알면서도 기죽지 않고 끝까지 최선을 다하는 사람이었다. 그러면서도 힘든 내색 없이 팬들에게 웃음과 응원을 건네는 소중한 존재였다. 꾸준히 해 온 기부가 뒤늦게 밝혀지기도 하고, 어려운 팬을 도운 일이 알려져서 쑥스러워하기도 했다. 오디션 프로그램에서 이 악물고 열심히 하던 서민영의 모습까지 주마등처럼 스쳐 지나가며 서민영에 대한 내 믿음을 더욱 단단하게 굳혔다.

서민영은 내 최애다. 그녀는 비참한 최후를 맞는 게 아니라 빛나야 하고 웃어야 한다.

"무슨 말을 해도 소용없어. 나는 너희에게 서민영을 넘기지 않을 거야."

"도대체 왜?"

“너희는 서민영을 해치려고 찾는 거잖아. 그렇지 않으면 서민영이 왜 도망을 치겠어?”

“당연히 없애려고 찾는 거지. 이 세상의 섭리를 어지럽히는 요물이니까.”

“나한테 서민영은 요물이 아니야. 내 최애야. 희망이자 삶의 이유야.”

나는 강하게 고개를 저었다.

“아무리 협박해 봐야 소용없어.”

“협박을 왜 해, 이 멍청아. 주인님은 너를 지키려는 거야.”

비형이 한 번 깜빡였다. 꼭 인간이 어깨를 으쓱하는 것 같았다.

“그렇지만 본인이 화를 당하고 싶다는데, 뭐. 어쩔 수 없지.”

사라지려는 비형한테 나는 소리쳤다. 꼭 경고해야 했다.

“날 몰래 따라오면 가만 안 둘 거야!”

비형은 대답도 없이 사라졌다. 그날 밤 집으로 돌아와 서민영과 이야기를 나누면서도 내내 긴장했다.

“무슨 일 있어?”

서민영이 걱정스러운 얼굴로 물었다.

“누나를 쫓는 사람들이 날 감시하는 것 같아서요.”

“그랬구나. 걱정 마.”

서민영이 내 어깨를 어루만져 주었다.

“아무것도 붙어 있지 않은 것 같아.”

“혹시 내가 없는 사이에 우리 집에 들이닥쳐서 누나를 끌고 가면 어떡하죠?"

"그들은 그러지 않을 거야."

나는 심각한데 서민영은 가볍게 고개를 저었다.

"그런 식으로는 나를 잡을 수 없다는 걸 알거든."

그녀는 담담했고 어딘지 모르게 자신만만해 보였다. 그 모습을 보면서 나는 줄곧 마음에 걸렸던 물음을 던져야겠다고 다짐했다.

"저, 혹시……."

만약 아니라면…… 이 질문이 얼마나 황당하고 멍청하게 느껴질까.

"혹시 누나…… 그거예요? 요……괴?"

대답이 없었다. 서민영은 눈을 동그랗게 뜨거나 무슨 소리냐며 황당해하지노 않았다. 우리 눌 사이에 잠시 침묵이 흘렀다.

"만약 그렇디면   ."

먼저 입을 연 사람은 서민영이었다.

"나를 쫓아낼 거야?"

"아니요."

나는 단호하게 대답했다.

"그럴 일은 절대 없어요. 놈들에게 누나에 대해 이야기하는 일도 절대 없을 거예요."

"내가 요괴인데도?"

"네."

"어째서…… 왜 그렇게 나를 감싸 주는 거야? 팬이라서? 내가 요괴라는 걸 감췄는데 배신감이 들지 않아?"

나는 숨을 들이쉬었다. 속마음이 불쑥 고개를 내밀려고 했다.

"저는 사실…… 유명해지고 싶었어요."

유치하지만 가슴 아플 정도로 바랐던 꿈을 서민영 앞에서 털어놓았다. 그녀이기 때문에 할 수 있는 이야기였다.

"꼭 연예인은 아니더라도 유명해져서 사람들이 우러러보고 존경하는 존재가 되고 싶었어요. 그거 아세요? 반 아이들 중에 제 이름을 제대로 아는 아이가 한 명도 없어요. '어? 그 안경 쓴 음침한…… 이름이 뭐더라?' 가족들도 비슷해요. 부모님은 제가 뭘 원하는지 안중에도 없고 그저 공부만 강요하시죠. 봐서 잘 알겠지만 동생은 절 완전 무시하고요. 그래서 눈에 띄는 사람, 존재감이 확실한 사람이 되고 싶었어요. 그렇지만 전 안 되더라고요. 남들보다 특출난 점이 하나도 없으니까요."

내 삶은 방향을 잃은 채 점처럼 망망대해를 떠도는 배 같은 신세였다. 서민영이라는 최애가 나타나기 전까지는.

"그러다 누나를 보고 용기를 얻었어요. 외모도 가창력도 눈에 띌 정도로 돋보이지 않았던 누나가 데뷔하고, 유명 아이돌이 되어 가는 모습을 보면서 기분이 좋았어요. 요괴라면 그게 뭐 어때요? 오히려 요괴가 인간들 사이에서 노력하고 애써서 결국 유명해지다니, 더 응원하고 싶어졌어요."

열을 올리며 말하다가 서민영의 볼에 내 침 한 방울이 탁 튄 순간 겨우 입을 다물었다. 흥분한 나머지 서민영한테 엄청나게 실례

되는 말을 해 버렸다.

"고마워."

기분 나빠 할 줄 알았는데, 서민영은 의외의 반응을 보였다.

"너는 정말 친절하구나."

서민영이 나를 뚫어지게 쳐다보며 고맙다고 인사하다니. 꿈만
같았다. 왠지 모르게 부끄러워서 낯이 확 뜨거워졌다.

"다행이야. 은혜를 갚을 때까지 네 옆을 떠나지 않아도 된다니."

"그러니까 은혜라고 할 것까지는……."

"역시 나는 틀리지 않았어. 유명해지고 싶구나. 그게 너의 소원
이지."

서민영의 눈이 빛났다. 내 최애지만, 이런 모습은 한 번도 본 적
이 없다.

"누구니 얼굴만 봐도 알아보는 그런 존재가 되는 것. 맞지?"

"네. 하지만 그건 불가능……."

"아니, 넌 유명해질 수 있어. 반드시 나보다 더 유명해질 거야.
내가 그렇게 만들 거야."

"전 안 된다니까요. 안 그래도 오늘 이상한 일이……."

벌컥.

'내가 아닌 나' 얘기를 하려는데 갑자기 문이 열렸다. 신장이 수
직 낙하했다.

"뭐야! 안 자고 뭐 해?"

"야!"

방으로 들어온 동생한테 고함을 지르고 말았다. 몸으로는 필사적으로 서민영을 가리려고 했다.

"어? 아니……."

동생의 얼굴이 굳었다. 어울리지 않게 말조차 더듬었다. 이런, 걸렸구나. 등줄기에 소름이 돋았다.

"엄마랑 이야기하고 있었구나. 누구랑 그렇게 수군거리나 해서……."

동생은 영문 모를 말을 하더니 도로 문을 닫고 나가 버렸다. 엄마? 무슨 말이지? 나는 서민영을 돌아보았다. 그녀는 표정 없이 문을 바라보고 있었다.

"다행이에요. 이번에도 안 들켰네요."

"응. 그럴 줄 알았어. 그때도 말했지만 네가 없을 때 시도 때도 없이 방에 들어오는데, 전혀 안 걸리더라고."

"요즘도요? 이게 진짜."

"아무래도 동생을 한번 따끔하게 혼낼 필요가 있겠어."

"그런 생각이야 수백 번도 넘게 하죠."

"좋아. 그럼 그것도 리스트 두 번째 항목으로 넣어 놓을게."

"리스트라니요?"

"내 보은 리스트. 너한테 갚아야 할 것."

"첫 번째는 뭔데요?"

"뭐긴. 네가 말했잖아. 간절하게 바랐지만 포기해야 했던 꿈."

서민영이 웃었다.

“나만큼 유명해지는 거 말이야.”

“글쎄 그건 불가능하다니까요.”

“걱정 마. 나한테 맡겨. 그다지 어려운 일도 아니야. 이번이 처
음이 아니거든.”

19

막간 ③

"푸하!"

검은 강물을 뚫고 파란 불꽃이 솟아올랐다.

"주인님, 없어요. 정말 없어요!"

불꽃 비형은 그의 주인 설화랑에게 다가갔다.

"제대로 살펴본 것이냐."

"틀림없어요. 밑바닥까지 샅샅이 살펴봤는데 온통 쓰레기뿐이
에요. 하여간 인간 놈들은!"

비형은 순간 야구공 크기로 줄어들었다. 그러더니 마치 설화랑
의 눈치를 보는 것처럼 주변을 슬슬 돌았다.

"맞습니다, 보살님. 저희도 발견하지 못했으니까요. 이 근처가
아닌 듯합니다."

설화랑 뒤에서 잠수복을 입은 남자가 말했다. 그의 옆에 잠수부
들 수십 명이 서 있었다. 막 잠수하고 나온 듯 미끈한 잠수복의 표

면을 타고 물방울들이 뚝뚝 흘렀다.

"경찰이 그랬잖소. 블랙박스에 찍힌 장소가 이곳이라고."

"그럼 조금 더 찾아볼까요?"

"주인님! 그 녀석이 사슴이랑 만나는 순간을 노려 덮치는 게 어때요?"

비형의 제의에 잠수복을 입은 남자도 동의하는 듯 설화랑을 쳐다보았다.

"너무 위험한 일이다."

설화랑은 가볍게 고개를 저어 그들의 제의를 물리쳤다.

"사슴이 위험 등급 갑종이라는 걸 잊지 말거라. 사슴을 잡기 위해서는 약해진 순간을 노려야 해. 지난번 우리가 어떻게 그걸 '거의' 잡을 뻔했는지도 잊지 말거라."

"말씀하신 시체도 그래서 필요하신 겁니까?"

"그래."

"누구나 그럴 듯한 계획은 있죠. 쥐어 터지기 전까지는 말이에요, 주인님."

말한 직후에 비형은 또 말실수를 했다는 걸 깨닫고 눈곱만 한 크기로 줄어들었다. 하지만 설화랑은 비형의 말을 못 들은 듯 천천히 강변으로 다가갔다. 한동안 처처히 흐르는 강물을 바라보았다.

"처사님들은 그만 돌아가셔도 좋습니다."

잠수부들은 자기들이 제대로 들었는지 몰라 잠깐 서로를 바라보았다.

"세상을 향한 여러분의 헌신에 감사드립니다."

잠수부들은 머뭇거렸다.

"설마, 그 힘을 쓰시려고……."

"어쩔 수 없는 상황입니다. 교단에도 허락을 구했습니다."

결국 그들은 물러났다. 어둑한 강변에는 기운을 차리고 파리 크기까지 부활한 비형과 설화랑만 남았다.

설화랑은 강을 향해 다가갔다. 한 걸음 더 내디디면 차가운 강물 속으로 빠질 수 있는 아슬아슬한 지점에서 설화랑은 멈췄다. 먼 다리 위에서 자동차들이 오가는 소리가 아련한 메아리처럼 울려 퍼지는 가운데 설화랑은 입을 열었다.

주인이 뭘 하려는지 알아챈 비형은 경악한 나머지 비명조차 지르지 못하고 재빠르게 주인의 품 안으로 숨어들었다. 지금 주인의 눈앞에 있으면 목숨은 물론 혼백조차 위태로울 수 있기 때문이다.

설화랑은 입을 열고 노래를 불렀다. 산 자는 절대 듣지 못하는 소리 없는 노래였다. 이 세상의 것이 아닌 선율과 화음이 입으로부터 한 소절, 두 소절 나오자 그녀의 머리에서 백발이 하나둘 돋아나기 시작했다. 머리카락은 생명을 품은 채 자라나는 식물처럼 설화랑의 머리를 덮고 허리까지 곱게 물결치듯 내려왔다. 새하얗게 빛나는 은발의 소녀는 한밤의 강변에서 계속 노래를 불렀다.

언제까지나 계속될 것 같던 그 노래는 어느새 뚝, 멈췄다. 주변 풍경은 아무것도 변하지 않았다. 다만, 그녀가 노래를 끝내고 나서부터 어째서인지 뒤쪽 아파트 단지를 포함해 근방의 개들이 짖어 대는 소리가 요란하게 들려왔다.

선화랑은 '겉보기에는' 아무것도 없는 듯한 강을 향해 말을 걸었다.

"말 좀 묻겠습니다, 손들이여."

그때 노래가 멈춘 것을 알고 슬쩍 주인의 품 안에서 불씨 정도 크기로 솟아 나온 비형은 똑똑히 보았다. 어둠 속에서도 선명히 보일 정도로 넘실넘실 흘러가는 강물이 유독 그의 주인 앞에서만큼은 잔잔한 호수처럼 파문 하나 없이 움직임을 멈춘 채였다. 그걸 알아챈 순간 비형은 주인이 뭘 불러냈는지 깨닫고 너무 무서워 다시 품 안으로 숨고 말았다. 비형의 귀에 주인 설화랑의 고운 목소리가 똑똑히 들렸다.

"누굴 찾고 있습니다만, 혹 근방에서 이런 자를 보셨는지요?"

20

은혜 갚기 ③

"한 중학생의 SNS가 세계적으로 화제입니다."

헐렁한 티셔츠에 반바지 차림을 한 내가 한겨울에 빌딩 옥상에서 옥상으로 건너뛰었다. 흡사 마이클 조던을 방불케 하는 활공으로 무사히 착지한 나는 곧바로 빌딩 아래로 뛰어내렸다. 쫓아오던 경비원 아저씨들이 화들짝 놀라는 것도 개의치 않고 가로등에 매달려 빙글빙글 돌면서 내려왔다.

나는 전혀 몰랐는데, 저런 식으로 도심을 질주하는 걸 '파쿠르'라고 부른다고 한다. 내 파쿠르 동영상은 이미 조회 수가 일 억을 넘었다. 내 이야기는 뉴스에까지 나왔다.

"중학교 삼 학년인 황 모 군은 이 주 전 화재가 난 건물에서 사람을 구해 내는 영상으로 크게 화제가 되었습니다."

어느새 나는 아무도 없는 지하 주차장에서 복서와 대치하고 있었다. 날랜 매 같은 근육과 빈틈없는 자세로 보아 프로인 게 명백해 보이는 복서는 능숙한 풋워크로 위빙 동작과 함께 나에게 다가왔다. 그렇지만 내 스트레이트 공격 한 방에 땅에 쓰러져 일어나지 못했다.

"이후 이 학생은 각종 챌린지 영상을 올리며 세간의 이목을 끌고 있습니다. 빌딩과 빌딩 사이를 뛰어다니는 파쿠르를 포함해 프로 복서와 비공개 시합을 하기도 하였으며 북한산을 자전거로 등반하는 위험한 도전도 서슴지 않았습니다."

자료 영상으로 산악의 암벽 위를 자전거로 질주하는 내가 나왔다. 사가에 가까운 험순한 바위 표면을 자전거를 탄 채 슬슬살이 내려오는 나를 보고 등산객들이 비명을 지르거나 찬탄을 아끼지 않았다. 그 소리가 고스란히 영상에 담겼다.

"황 모 군은 챌린지가 끝나면 본인의 이름과 소속을 반복적으로 강조하는 걸로도 유명한데요."

화면이 바뀌고 내 얼굴이 나왔다. 싱글벙글 웃고 있다.

"원하시는 챌린지가 있으면 얼마든지 신청해 주세요!"

"챌린지 수행의 대가로 금전을 받고 있어, 용기 있는 모습을 응원하는 반응과 함께 학생답지 못하다는 비판도 거셉니다."

명랑한 음악 소리와 함께 나를 소개한 코너가 종료되었다. 동시에 텔레비전 화면도 뚝 꺼졌다.

"이게 어떻게 된 거니?"

엄마의 목소리에는 노여움이 없었다. 그저 황당하게만 들렸다. 눈치챈 나는 곧바로 대답했다.

"저 아니에요."

"그렇지?"

엄마는 안도한 듯이 말했다. 하지만 아빠는 아직 표정을 풀지 않았다.

"그럼 어째서 너한테 돈이 입금되고 있는 거야? 애초에 동영상이 왜 네 SNS에 올라온 거고?"

아빠는 평소보다 더 피곤해 보였다. 내 통장에 실제로 돈이 들어왔기 때문에 미성년자인 나를 대신해 경찰서에도 다녀와야 했다.

"딥페이크 영상이 틀림없어요. 누가 그랬는지는 모르지만."

"그래. 경찰도 그렇게 이야기하더라. 그럼 돈은 전부 돌려줘야 하는 거지?"

"당연하죠."

솔직히 말하자면 대답하기 전에 약간 망설였다. 미국 구독자들이 보낸 달러까지 합쳐 몇천만 원이 넘는 큰돈이었기 때문이다.

"기분 나쁠 수도 있겠지만, 한 번만 더 확인할게."

아빠가 나한테 질문을 던졌다.

"정말 너 아니지?"

"어떻게 저를 의심하실 수가 있어요?"

결국 나는 목소리를 높이고 말았다.

"아빠가 어떻게 자식을 못 믿냐는 이야기가 아니고요, 제 팔을 보세요! 애초에 저런 게 가능하기나 한가!"

나는 깁스한 팔을 보여 주었다. 북촌에서 부러진 팔은 아직도 회복 중이었다.

"그것도 엄마 몰래 허튼짓하다가 부러진 거잖아."

동생이 얄밉게 사족을 붙였다. 이런 상황만 아니었으면 정말로 한 대 쥐어박고 싶었다.

"그래, 너를 믿는다. 너도 깨달았을 거 아니냐."

곰곰이 생각하던 아빠가 말을 이었다.

"알고 있지? 너는 허튼짓으로 먹고살 수 있는 아이가 아니야."

나는 정말 억울했다. 누군지는 모르지만 관심받고 싶어 안달 나 뉴스에까지 나온 저 사람은 절대로 내가 아니다. 그렇지만 방금 아빠 말은 내 가슴을 서늘하게 베고 지나갔다.

"도전한다고 해서 허락하고 지원해 줬잖아. 실패하면 깨끗하게 접겠다고 했고. 결국 실패했으니 그걸로 끝난 거야. 그렇지?"

멋모르고 꾸었던 꿈들이 생각났다. 연예인이 될 거라고 큰소리 쳤다가, 기획사 오디션에서 이름도 제대로 말 못 하고 망신을 당한 적도 있다. 유튜버로 먹고살 수 있을지도 모른다며 계정을 만들었다가, 앞서 말했지만 반년 동안 딱 두 명의 구독자만 모았다. 현실의 나는 스스로 바라는 내가 아니었다. 나는 이를 악물고 대답했다.

"네. 맞아요. 정말 제가 한 게 아니에요."

"그럼 됐어. 들어가서 공부해라."

"너는 공부만이 살길이야."

엄마와 아빠에게는 다 접고 공부만 하겠다고 약속했는데, 공부마저 잘되지 않는다.

"진짜 오빠였으면 차라리 나았을 텐데. 우리 반 애들도 저 동영상 다 봤단 말이야."

닫히는 방문 너머에서 "저건 오빠가 아니라니까!"라며 동생을 야단치는 부모님 목소리가 들려왔다. 내 방 문을 여는데 창문을 타고 들어오는 서민영과 눈이 마주쳤다. 첫날, 내 방에 숨어들 때 모습과 똑같았다.

"어디 갔다 오는 거예요?"

깜짝 놀라는 바람에 낙담과 근심이 싹 날아가 버렸다.

"그냥 좀…… 답답해서."

"그러다가 잡히면 어떡하려고 그래요!"

"미안."

서민영이 애교스럽게 웃자 나는 더 추궁할 수가 없었다. 서민영은 특유의 귀여운 미소를 유지하며 나에게 다가왔다.

“동영상 봤어. 드디어 유명해졌다. 그렇지?”

“아니에요.”

“아니라고? 조회 수가 일 억을 넘고 뉴스에도 나왔는데? 후원금도 오천만 원 넘게 들어왔다고 들었어.”

“그게 아니라, 내가 아니라고요.”

“아무려면 어때.”

스스로가 ‘요괴’라고 했던 서민영. 그녀에게 혹시 이 일이랑 어떤 관련이 있는지 물어보려고 했다. 그런데 그녀는 정말로, 말을 피하거나 돌리려는 의도가 아니라 진심으로, 아무렇지 않은 일이라는 듯 넘겼다.

“아무려면 어떤 게 아니라……."

“그보다 병찬아, 어려운 부탁 하나만 해도 될까?”

“부, 부탁이요?”

“응.”

서민영은 정말 미안한지 손가락을 배배 꼬았다.

“돈 좀…… 빌려줄 수 있을까?”

“돈이요?”

서민영은 아이돌이다. 사람들에게 이름이 꽤나 알려진 아이돌이 빌려 달라고 할 정도면 도대체 어느 정도 액수일까?

“응. 네가 거두는 수익의 이십 퍼센트 정도만.”

서민영의 말이 갑자기 빨라졌다.

“너한테 진 신세도 다 못 갚았는데 뻔뻔하다는 건 알아. 하지만 너 말고도 신세를 진 다른 사람이 있어서 그 사람한테도 돈을 갚아야 해. 일 억 정도.”

일 억.

갑자기 머릿속에 누군가가 떠올랐다. 창귀 굴에서 본 사람. 창귀에게 나를 습격하라고 한 그놈. 은혜는 일 억으로 갚으라고 한 말을 서민영에게 전한 건 나였다. 그런데 왜 그 생각이 떠오를까. 액수가 일치하는 게 과연 우연일까.

“물론 적은 돈은 아니지만, 너는 이제 엄청 유명해질 테고, 네가 거두는 수익에서 이십 퍼센트 정도만 주면…….”

“잠깐, 잠깐만요.”

나는 서민영의 말을 막았다. 찜찜한 건 둘째 치고 이해가 가지 않는 단어가 있었다.

“수익이라니요?”

그 말에 서민영이 도리어 눈을 동그랗게 떴다.

“응? SNS에서 받는 후원금 말이야. 챌린지 후원금.”

“아니…….”

서민영이 원하면 이십 퍼센트가 아니라 백 퍼센트를 줄 수도 있다. 그렇지만 문제는 따로 있었다.

“그 돈은 이제 없어요.”

“뭐라고?”

나는 서민영의 화난 얼굴을 처음 보았다. 그녀의 눈썹이 사납게 일그러졌다.

"어째서?"

"아버지가 후원한 사람들한테 전부 돌려주신대요."

"네 아버지가 뭔데?"

서민영이 벌떡 일어났다. 나는 조금 무서웠다.

"네 아버지가 뭔데 자식이 벌어 온 돈에 손을 대? 네가 미성년 자라서? 너무하잖아!"

"아니, 그게 아니라……."

훨씬 근본적인 문제가 있다고 지적하기도 힘들었다. 그사이 서민영은 한숨을 크게 내쉬며 진정했다. 남들이 모르는 서민영의 모습을 나만 알았으면 하고 바란 적도 있지만, 이런 모습은 아니었다.

"그래. 은인인 너의 아버지니까 참을게. 어차피 후원금은 또 들어올 테니까."

"후원금이 왜 계속 들어와요?"

"챌린지를 계속할 테니까. 다음에는 좀 더 대중적이고 자극적인 소재로 해 볼까?"

"그런 챌린지는 더 이상 못 하죠."

"왜?"

왜냐니. 챌린지를 해서 유명해진 사람은 내가 아니라 나를 많이 닮은 어느 누구가니까.

"아버지가 안 된다고 하셔? 왜? 자식이 원하는 건 절대 안 되고 오로지 공부만 하래?"

"아니……."

호랑이도 제 말할 때 온다고 하던가. 아빠가 방문을 벌컥 열었다.

"갑자기 왜 큰 소리를 질러? 또 싸우는 건 아니지?"

서민영과 이야기를 나누는데 아빠가 들어왔다. 기절할 듯이 놀라야 하는데 아무렇지 않은 건 이런 상황을 이미 몇 번 겪어 봐서일까. 아니면…… 방금 전 느꼈던 정체 모를 두려움이 부모님의 얼굴을 보고 가라앉아서일까.

"아빠."

아빠는 잠시 나와 서민영 쪽을 바라보았다. 그러더니 요즘 이 방에 들어오는 사람들이 그러듯 엉뚱한 말을 꺼냈다.

"오빠한테 사과하는 중이야?"

"네. 지금 하고 있었어요."

그리고 들릴 리가 없는 목소리가 들렸다. 내 동생 목소리였다. 나는 목소리가 들린 쪽을 돌아보았다.

거기 동생이 있었다. 눈, 코, 입, 귀, 몸, 팔다리, 키. 전부 의심할 여지 없이 내 동생이었다. 서민영이 있어야 할 자리에 내 동생이 대신 서 있었다.

"그래. 화해했으면 얼른 나와라. 오빠 공부 방해된다."

그렇지만 저건 절대 내 동생이 아니다.

"네, 알겠어요. 주무세요."

동생은 가족들에게 절대 존댓말을 쓰지 않는다. 아빠가 고개를 살짝 갸웃거리곤 문을 닫고 나갔다. 나는 동생, 아니 동생과 너무나 똑 닮았지만 동생이 아닌 무언가를 뚫어지게 바라보았다. 그게 무엇인지는 내 육감이 가르쳐 주었지만 내 본능이 거부했다. 동생과 비슷한 존재의 시선이 나에게 향했다. 그러고는 작게 한숨을 쉬었다.

"끝까지 비밀로 하려고 했는데."

동생의 피부가 조각조각 갈라졌다. 얼굴, 몸 할 것 없이 전신의 피부가 화장실 바닥 타일처럼 갈라졌다. 피부 조각들은 쩌적 소리를 내며 고슴도치 가시처럼 곤두섰다가 곧 일어선 방향과 반대로 차르륵 넘어갔다.

"어쩔 수 없었어. 미안."

이제 내 눈 앞에 서 있는 사람은 동생이 아닌 서민영이었다. 그녀가 요괴라는 건 알고 있었다. 그렇지만 이건……. 그렇다면 '내가 모르는 나' 또한…….

"내가 나 설넝할……."

"으아악!"

순간 두려움과 역겨움, 혐오감이 치솟아 올랐다. 한계였다.

나는 도망쳤다.

21

은혜 갚기 ④

솔직히 그 후로는 기억이 거의 없다. 정신을 차려 보니 어느 방 안에 갇혀 있었다. 아니, 갇혔다는 말에는 어폐가 있을지도 모르겠다. 내 의사로 들어온 건 아니지만 내 의사로 나갈 생각도 없었으니까.

얼마나 시간이 흘렀을까. 그녀가 들어왔다. 설화랑. 여전히 인상적인 대머리였다. 비형인가 하는 그 불꽃은 곁에 없었다.

"차는 싫어하니?"

설화랑이 소매 끝자락으로 내 앞에 놓인 찻잔을 가리켰다. 꽤 오래전부터 놓여 있었는데 입도 대지 않았다.

"요즘 아이들이 좋아한다는 '아아'를 준비할 걸 그랬군."

아아를 '요즘' 아이들이 좋아한다고 말하기는 좀 그렇고, 대머리만 빼면 내 또래로 보이는 설화랑이 '요즘' 운운하니 어색했다. 아무튼 나는 지금 마시고 싶지도, 먹고 싶지도 않았다.

"여기는…… 대체 어디야?"

"교단. 요원들이 집 밖을 배회하는 널 발견하고 보호하기 위해 데려왔지. 기억나지 않니?"

'배회'라니……. 짐승같이 소리를 지르며 도주하는 걸 이 사람들은 그렇게 부르는구나. 나는 고개를 들어 설화랑을 똑바로 보았다.

"결국 서민영은 요괴가 맞구나."

"그래."

"사람한테 해를 끼치는 요괴? 그래서 교단한테 쫓기는 거야?"

"꼭 그렇게만은 볼 수 없지."

설화랑의 대답을 듣고 나는 벌떡 일어섰다. 그렇게만은 볼 수 없다니, 그럼 서민영이 사악한 존재가 아닐 수도 있다는 뜻일까?

"오히려 해를 끼치는 것과 반대되는 존재. 오로지 은혜를 갚기 위해 살아가니까."

"은혜를 갚아? 무슨……."

"쫓기는 요괴를 네가 숨겨 주었잖아."

"그랬지. 하지만 나는……."

은혜가 아니라고 말했는데. 그보다 동생 얼굴이 서민영 얼굴로 바뀌는 기괴한 장면이 떠올랐다.

"내가 아는 서민영이 맞긴 해?"

"네가 아이돌로서 응원하고 좋아했던 서민영이 맞아. 남들에게 말 못 할 재주가 하나 더 있다는 걸 제외하면."

"재주라면, 다른 사람으로 변신하는 거?"

“그래.”

“왜 어째서……..”

재주를 이런 식으로 사용하느냐고 물으려 했는데, 설화랑은 내 질문을 미리 짐작한 듯했다.

“말했잖아. 은혜를 갚기 위해서라고.”

“다른 사람으로 변신하는 게 어떻게 은혜를 갚는 일이야?”

“너로 변신해서 사람도 구하고, 각종 불가능해 보이는 일에 도전하면서 유명해지고, 후원금도 많이 받았다고 들었는데. 좋지 않았니?”

“좋았냐고?”

나는 어이가 없어서 입을 떡 벌리고 그녀를 바라보았다.

“유명해지고 싶어 한다고 들었는데.”

너무 크게 소리를 질렀는지 설화랑도 다소 당황한 기색이었다.

“맞아. 하지만 그 꿈은 이미 오래전에 접은 데다가…… 이런 식으로 유명해지길 바라는 사람이 어디 있어!”

나는 씩씩거렸다.

“진짜 내가 아니잖아! 그런데 사람들은 내가 그런 줄 알 거 아니야!”

“아마 그렇게까지 눈에 띄는 방법을 사용할 계획은 아니었을걸.”

설화랑은 난처한지 맨머리를 긁었다.

“평소대로였다면 너로 변해서 기획사 오디션을 보든지, 해외 명문 대학에 수석으로 입학하게 해 주든지…… 그런 방법을 썼겠지.

히지만 쫓기는 중이라 여유가 없었을 거야. 한시라도 빨리 은혜를 갚고 네 곁을 떠나야 하니까."

아니, 오디션이든 대학 입학이든 바람직하지 않은 건 마찬가지다. 대리 시험이니까. 그렇지만 서민영이 나에게 은혜를 갚기 위해 그랬다는 건 이해가 되었다.

"서민영하고 다시 한번 이야기해 보고 싶어."

"위험해."

설화랑은 한마디로 잘라 말했다.

"처리는 우리에게 맡기고 너는 여기에 있는 편이 낫겠다. 요괴가 어디에 숨어 있지?"

"알려 주면…… 죽일 거지?"

"당연하지."

"안 돼!"

나는 벌떡 일어났다.

"부탁이야. 내가 이야기하게 해 줘."

"만약 그렇게 해 주면, 도망가라고 말하려고?"

"응."

나는 솔직하게 대답했다. 설화랑에게는 거짓말이 통할 것 같지 않았다.

"나한테 입은 은혜를 갚으려면 제발 도망치라고, 그래서 다시는 세상에 나오지 말고 숨어 지내라고 말할게. 그러면 너희한테도 이득이잖아. 너희는 요괴로부터 인간을 지키기 위해 싸우니까."

"그렇지 않아. 요괴를 모두 죽이기 위해 싸우지."

"그렇다면…….”

나는 침을 삼켰다.

"내 대답은 예전과 똑같아. 너희에게 협조하지 않겠어."

"우리가 얼마나 무서운지 아직도 깨닫지 못한 모양이구나."

설화랑의 목소리가 단호하고 차가워졌다.

"우리는 인간을 죽이거나 다치게 하지는 않아. 그렇지만 널 여기에 가두고 영원히 못 나가게 할 수는 있지."

"부모님이 경찰에 신고하실 거야. 그러면…….”

말이 나오려다가 끊겼다. 북촌에서 설화랑이 달려온 경찰들을 전화 한 통으로 물러나게 한 장면이 떠올랐다. 교단은 높은 직급인 경찰까지 움직이는 것처럼 보였다.

"그래도 나는 말하지 않을 거야. 절대로!"

나는 서민영을 지키기로 마음먹었다.

"어째서? 서민영이 너한테 뭘 해 줬다고 그렇게까지 큰 은혜를 베풀려고 하는 거지?"

"너희에게 서민영은 그저 요괴일 뿐이지만, 내가 아는 서민영은 오디션에서 열다섯 번 떨어졌고 그룹에서 두 번 쫓겨났어."

설화랑은 무슨 소리인지 이해가 안 된다는 듯 어리둥절한 표정이었다.

"나였다면 소질이 없구나 하면서 아이돌이 되는 꿈을 포기했을 거야. 하지만 서민영은 포기하지 않았어. 끊임없이 자질을 의심받고, 공개적으로 냉정한 평가를 받으면서도 꿋꿋하게 노력해서 지금 그 자리까지 오른 거라고. 내가 전부 다 알지는 못하겠지만, 길고 험난한 과정을 방송이랑 비하인드 영상으로 다 지켜봤어. 서민영을 응원하면서 내가 얼마나 큰 감동과 위로를 얻었는지 아마 모를 거야. 웃네? 그래. 너한테는 우습고 유치한 얘기로 들리겠지. 하지만 특별함이라고는 눈곱만큼도 없는 나한테 서민영은 '포기하지만 않으면 언젠가는 너도 반짝반짝 빛날 수 있을 거야.'라고 자신의 삶을 통해 말해 주는 것 같았어. 나는 서민영 덕분에 웃었고, 다 포기하고 싶다가도 하루하루 힘을 짜내서 살 수 있었다고!"

목이 메었다. 속마음을 모조리 쏟아 내고 나니 더 이상 할 말이 없었다.

"아무튼 나는 서민영을 이대로 잃을 수 없어."

"그러니까 니는 여진히 유명해지고 싶긴 한 기로구나."

"뭐?"

설화랑이 도대체 뭐라는 건지 이해가 되지 않았다.

"서민영이 성공하는 모습을 보고 기분이 좋았던 거잖아. 서민영에게 너 자신을 이입시키면서."

"그게 아니라……."

"그랬던 거로군."

그러고 나서 설화랑은 불길하게도 아무 말이 없었다. 그러더니 한마디를 남기고 일어섰다.

"잘 알았어."

"잠깐. 그럼 나는 이제 어떻게 되는 거야? 서민영은?"

한심하게도 벌컥 겁이 났다.

"곧 결정될 거야. 그나저나……."

설화랑은 나가려다 말고 영문 모를 말을 했다.

"아무래도 너는 방금 또 큰 은혜를 베푼 것 같아. 사슴에게 말이야."

무슨 말인지 몰라 멍하니 앉아 있었다. 그런데 나간 지 얼마 되지 않아 설화랑이 다시 들어왔다. 뭘 놓고 나간 걸까?

"기다리게 해서 미안하구나."

"몇 초 되지도 않았어."

내 앞에 앉으려던 설화랑이 그대로 굳었다.

"무슨 소리냐?"

"벌써 결정된 건 아니지?"

"야, 인마! 똑바로 말 안 해!"

설화랑의 품에서 파란 불꽃 비형이 튀어나왔다.

"무엇이 결정되었다는 것이냐?"

설화랑이 손등으로 비형을 밀어내며 물었다. 어째서인지 표정이 대단히 심각해 보였다.

"방금 전에 이야기했던 거 말이야. 나랑 서민영을 어떻게 할 작정이냐고."

그 순간 설화랑의 얼굴이 터럭 하나 없는 정수리까지 하얗게 질렸다. 설화랑은 천장을 향해 소리쳤다.

"비상이오! 당장 이곳을 봉쇄하시오! 아무도 들어오지도 나가지도 못하게 하시오!"

"무슨 일이야?"

탕!

설화랑은 내 질문에 대답하는 대신 눈앞의 철제 책상을 내리쳤다. 책상이 반으로 우그러지며 땅에 파묻히는 모습을 보고, 나는 겁에 질려 더 이상 한마디도 할 수 없었다.

"네가 좀 전까지 이야기를 나눈 존재는……."

설화랑이 입술을 꼭 깨물더니 말을 이었다.

"내가 아니다."

22
막간 ④

"범죄자는 여기서 나가라!"

"우리는 안심하고 살고 싶다!"

돌멩이가 날아들며 창문을 와장창 깨뜨렸다.

"젠장. 별 같지도 않은 것들이."

제멋대로 난 수염에 트레이닝복을 대충 걸친 청년이 소파 밑에 굴러다니는 돌을 주워 목소리가 들리는 쪽으로 던졌다. 이 집 주인인 그는 얼핏 보기에는 평범하지만, 길을 지나가는 여성을 잔인하게 폭행한 혐의로 경찰에 체포되었다. 그렇지만 피해 여성의 증언 외에는 증거가 없었기 때문에 국민적인 공분에도 불구하고 증거 불충분으로 석방되었다.

"그날은 술에 취해서 기억이 안 난다고 몇 번을 말해야 알아들⋯⋯어?"

투덜거리며 깨진 유리 조각을 발로 대충 치우던 그는 눈을 동

그렇게 떴다. 낯선 사람이 집 안에 있었다.

"너, 뭐야?"

교복을 입은 남자애였다. 무차별 폭행 혐의가 있는 청년을 앞에 두고도 전혀 두려워하지 않고 남의 부엌 의자에 턱 하니 앉았다. 청년은 학생의 손에 들린 휴대폰을 바라보았다.

"구독자 여러분, 보이세요? 황병찬의 정의 구현 채널입니다! 여러분의 후원으로 천만 원이 모였기 때문에 드디어 사냥을 시작합니다. 첫 게스트는 여러분이 너무나 잘 아는, 신사동 여대생 무차별 폭행 사건의 용의자입니다!"

"야, 너 지금 뭐 하는……."

학생은 해맑게 웃으며 청년을 바라보았다. 티 없이 순수한 웃음에 지독한 위화감을 느낀 청년이 움찔했다.

"당신이 그날 여대생을 폭행했죠? 뒤늦게 나온 목격자 증언도 당신과 일치하고, 무엇보다 폭행 전과가 있다면서요?"

"어린 게 가택 침입을 해?"

두려움도 잠시, 청년은 달려가서 학생을 걷어차려고 했다. 그런데 놀라운 일이 벌어졌다.

"보셨죠? 그날도 이렇게 여대생을 때렸을 겁니다!"

방금 전까지 눈앞에 있던 학생이 어느새 자신의 뒤쪽에서 휴대폰을 향해 주절거렸다. 도깨비의 장난 같았다.

"너……."

청년의 폭력성이 자극됐다. 그대로 의자를 들어 학생을 향해 있는 힘껏 휘둘렀다.

"어?"

그러나 학생은 거의 눕듯이 허리를 젖히면서 의자를 피했다. 눈으로 보고도 믿기지 않는 운동 신경이었다.

"피해자한테 하실 말씀 없으세요?"

허리를 팅겨 바로 세운 학생이 얼굴을 바로 앞까지 들이댔다. 청년은 주먹으로 학생을 가격하려고 했다.

"네! 없으시답니다!"

다음 순간 피투성이가 된 얼굴을 부여잡고 나뒹군 사람은 학생이 아니라 청년이었다. 어디를 어떻게 맞았는지 제대로 알 수도 없었다.

"그럼 이제부터 모두가 원하는 '벌'을 내리도록 하겠습니다. 사전 리퀘스트로 받은 벌은 음, 갈비뼈였죠?"

학생은 청년의 복부를 걷어찼다.

"우욱!"

우직 소리가 났다. 갈비뼈가 부러진 청년이 헉헉 소리를 내며 도망가려 했지만, 학생이 청년의 발을 지르밟았다.

"자, 이제부터 실시간 리퀘스트 받습니다! 이 사람이 받았으면 하는 '벌'을 보내 주세요! 모두가 원하는 정의를 구현하는 황병찬 채널…… 응?"

학생은 얼굴을 찌푸렸다. 실시간 스트리밍이 강제로 중단된 것이다.

"소용없느니라."

방 안쪽에 드리운 어두운 그림자 속에서 인영 하나가 솟아오르듯 나타났다.

"이 근처 통신망은 전부 차단해 두었으니."

"뭐야, 교단이냐?"

학생이 좀 전과는 다르게 거칠고 굵은 목소리로 투덜거렸다.

"사, 살려 줘."

갈비뼈가 부러진 청년이 갑자기 나타난 구원자에게 매달렸다. 구원자는 훨씬 더 수상쩍은 모습을 하고 있었지만, 이것저것 가릴 처지가 아니었다.

"저놈을 좀 내쫓아 줘!"

"네가 아무 죄 없는 여인을 폭행한 건 맞느냐?"

"몰라! 취해서 기억 안 니! 경찰에 신고해…… 익!"

청년은 대머리 소녀에게 발로 뺨을 얻어맞고 날아가 기절해 버렸다.

"어쩐 일이야? 내 앞에 모습을 다 보이시고. 어디 있는지 다 알면서도 무서워서 오지 못하더니."

"네놈은 선을 넘었느니라."

아무것도 없던 소녀의 머리에서 하나둘, 은발이 돋아나기 시작했다. 그걸 본 학생은 갸우뚱하며 얼굴을 찌푸렸다.

"이건 또 무슨 수작이실까. 기관단총이라도 꺼낼 줄 알았더니."

"그 아이, 황병찬의 얼굴로 도대체 무슨 짓을 하는 게냐?"

은발은 소녀의 엉덩이까지 닿을 정도로 풍성하게 자랐다.

"SNS에서 자경단 활동이라니. 이게 그 아이의 미래에 어떤 영향을 미칠지 알고 하는 짓이냐?"

"유명해지겠지."

황병찬의 얼굴과 몸을 한 무언가는 휘파람을 불듯 가볍게 대답했다.

"사람들이 다들 좋아해 줄 거야. 모두 저놈이 흠씬 얻어맞길 바라거든."

"경찰이 나설 것이다."

"안 잡히면 그만이지. 너희들도 못 잡는데 날 잡을 수 있을 거라고 생각해?"

"이게 네가 은혜를 갚는 방식이냐?"

"그렇다고 한다면?"

"과연."

이제 은발이 된 소녀는 자세를 조금 낮추었다.

"'진짜' 서민영에게 무슨 일이 일어났는지 알 것 같군."

그 말이 끝나자마자 황병찬과 아주 닮은 얼굴에서 미소가 싹 사라졌다.

"선을 넘네, 너."

"먼저 넘은 것은……."

은발 소녀 주위에서 온갖 물건이 둥실 떠올랐다. 그중에는 부엌칼이나 야구 방망이같이 위협적인 물건도 있었다.

"네놈이니라, 사슴."

사슴이라고 불린 생물은 눈을 크게 떴다. 그렇지만 놀라거나 겁을 먹었다기보다 재미있어 하는 표정에 가까웠다. 얼굴에 다시 능글맞은 미소가 나타났다.

"아, 네놈이 누구인지 알 것 같다. 설화랑, 맞지?"

틈을 주지 않고 은발 소녀 옆에 떠 있던 날붙이가 사슴을 향해 돌진했다. 사슴은 피하지 않았다. 날붙이는 황병찬을 닮은 얼굴에 정면으로 꽂히는 듯하더니, 끝이 댕강 부러져 아래로 떨어졌다.

"귀신과 인간이 정을 통해 낳은 자식."

황병찬을 본뜬 사슴의 얼굴에는 생채기 하나 없었다.

"동족의 배신자."

"나를……."

은발 소녀 설화랑이 눈을 부릅떴다. 그 순간 황병찬과 똑같은 사슴의 몸이 붕 뜨더니 벽에 처박혔다. 마치 보이지 않는 뭔가가 몸을 붙잡고 밀어붙인 것 같았다.

"동족이라고 부르지 마라."

설화랑은 품에서 천천히 총을 꺼냈다. 그리고 총구를 상대의 미간에 겨누었다.

"그래그래. 나도 싫어. 너같이 멍청한 녀석이 동족이라니."

사슴은 황병찬을 닮은 자신의 몸에 끙 하고 힘을 주었다. 그러자 벽에 금이 가면서 보이지 않는 힘이 거꾸로 밀려 났다. 사슴은 바닥에 안전하게 착지했다.

“내가 들었어. 너희들, 우리한테 등급을 매겼다고 하던데.”

사슴이 한 걸음 뗄 때마다 설화랑의 이마에 땀이 맺혔다. 총을 든 손도 부들부들 떨렸다.

“나는 몇 등급이지?”

탕!

총성이 울렸다.

23

은혜를 원수로 ①

"황병찬 채널! 드디어 빅 이벤트입니다. 이분 잘 아시죠? 정치 자금을 받고 외국에 산업 기밀을 팔아넘겨 온 장관입니다! 다음 에는 이분을 사냥하러 가겠습니다. 이번에는 사이즈가 좀 크기 때 문에 펀딩은 백만 원 난위로 받습니다. 현징 생중계는 목표 금액 을 달성하는 대로 바로 시작합니다. 후원 부탁드려요."

나는 내 얼굴이 내뱉는 말도 안 되는 소리를 멍하니 듣고 있었 다. 내가 '사냥'하겠다고 선언한 장관이 날 노려봤지만 전혀 신경 쓰이지 않았다.

"이제 어떻게 할 거요?"

나힌데 무시당한 장관은 옆에 있는 스님에게 버럭 소리를 질렀다.

"이런 일을 막기 위해 교단이 있는 거 아닙니까?"

"안심하십시오. 유튜브에서도 내용에 문제가 있으니 차단하겠 다고 했습니다."

"그런다고 막아지겠습니까? 요즘 유튜브 말고도 개인 방송 플랫폼이 얼마나 많은데! 나를 보호해 줄 수 있어요? 상대가……."

장관은 잠시 입을 다물었다. 얼굴 근육이 두려움으로 파르르 떨렸다.

"위험 등급 갑종 아닙니까?"

"갑종이면…… 갑을병정 할 때 그 갑이요?"

드디어 내가 입을 열자 사람들의 눈길이 일제히 나에게 쏠렸다.

"그게 무슨 뜻인가요?"

"갑종이라는 건 극히 위험한 요괴라는 뜻이란다."

스님이 설명해 주셨다.

"창귀처럼요?"

피식. 장관이 헛웃음을 터뜨렸다. 스님이 고개를 절레절레 저으며 답했다.

"창귀는 위험 등급 병종이란다."

나는 아직 아물지 않은 오른팔을 바라보았다. 전동 킥보드에 붙어 사람을 마구 치고 다니던 창귀의 모습이 떠올랐다. 창귀가 병종에 불과하다니.

"갑종은 초자연적일 정도로 강력한 요괴다. 위험 등급은 인간 사회에 불러오는 혼란과 파괴 정도를 고려해서 붙이는데, 갑종은 한 나라를 전복시킬 수 있는 수준이지."

맙소사. 핏줄에 차가운 얼음이 가득 찬 느낌이 들었다.

"갑종 요괴가 왜 이런 꼬마한테 붙었냐고!"

“사슴은 은혜를 갚는 요괴입니다.”

스님의 말을 듣고 나는 한때 내가 서민영이라고 불렀던 요괴의 진짜 이름을 비로소 알 수 있었다. 사슴. 이제까지 내 곁에 머문 생물의 이름이었다.

“우연찮은 인연으로 학생이 사슴을 우리로부터 구해 주었죠.”

“그래서 저러고 다닌다는 거야? 이 꼬마 얼굴을 하고 범죄자들을 사냥해서 은혜를 갚는다고?”

“이 학생은…….”

스님이 나를 바라보았다. 조용하면서도 집요한 눈빛은 마치 ‘너에 대해서 모르는 게 없다’고 선언하는 것 같았다.

“학교를 쉬면서까지 개인 방송에 도전했고, 아이돌이 되기 위해 오디션을 본 적도 있습니다.”

“징신이 나갔구먼. 기울도 안 보고 사나? 전혀 싹이 보이지 않는데.”

“사슴은 유명해지고 싶은 학생의 욕망을 대신 채워 주며 은혜를 갚으려는 겁니다. 그래서 인간 사냥 방송을 시작한 거고요.”

“어떻게 책임질 거냐?”

장관이 소리를 빽 질렀다.

“너 때문에 요괴의 존재가 사람들에게 알려질 거야. 너 때문에 사람들이 죽어 나갈 거라고!”

“왜 저한테 그러세요?”

상대가 장관이라는 것도 잊고 나도 목소리를 높였다.

"제가 요괴한테 그러라고 시킨 것도 아닌데! 전 얼마 전까지 이 세상에 요괴가 있는지도 몰랐어요!"

"그렇지만 넌 우리한테 협조하는 대신 사슴을 보호했지. 사슴이 요괴라는 걸 안 이후에도 말이다. 기억나니?"

스님이 나에게 물었다. 눈빛이 무척이나 서늘했다.

"사슴에 관해서는 어떤 말도 하지 않겠다고 했어. 그렇지?"

"그, 그건……."

사슴이 서민영이었기 때문이고 그리고…….

"아직도 우리가 사슴을 제거하는 걸 도울 생각이 없다. 이것도 맞지?"

스님 말씀대로 나는 아직도 나의 최애 '서민영'이기도 했던 요괴를 없애고 싶지 않았다.

"정말 정신이 나간 거 아냐!"

스님이 내 멱살을 잡으려 드는 장관을 몸으로 막았다.

"결자해지가 무슨 뜻인지 아니?"

공부는 못하지만 그 말은 알고 있다. 예능 프로그램에서 본 기억이 났다.

"자기가 벌인 일은 자기가 해결해야 한다……."

"맞다."

"서민영이 이 사자성어를 못 맞혀서 사회자한테 깡깡이라고 불렸어요."

"네가 사슴을 막아야 한다."

“제가요? 어떻게?”

병종이라는 창귀 상대로도 도망만 쳐야 했던 내가 무슨 수로 막을 수 있다는 걸까.

“사슴을 설득해라.”

스님이 말했다.

“이런 건 원하지 않는다고, 당장 그만두라고 말해 보렴.”

“그게 될까요?”

“요괴들은 저마다 무언가에 집착한단다. 창귀는 탈것에, 사슴은 보은, 은혜 갚기에 집착하지. 그러니까 사슴에게 은혜를 베푼 너만이 사슴을 막을 수 있다.”

나는 침을 꿀꺽 삼켰다.

“할 수 있지?”

“먼저 설화랑을 만날 수 있을까요?”

어째서인지 대머리 소녀가 생각났다. 설화랑이 나를 옆구리에 끼고 창귀로부터 구한 기억이 났다.

“삿된 것을 어째서?”

스님이 처음으로 얼굴을 찡그렸다.

“음……. 설화랑은 교단과 같은 편이 아닌가요?”

“맞지 맞긴 하지만…….”

스님은 결국 고개를 저었다.

“미안하지만 그럴 수 없다.”

“어째서요?”

"크게 다쳤으니까."

"예?"

"더는 묻지 말고, 설득할 수 있는지 없는지만 대답하거라. 할 수 있지?"

"네……."

나는 고개를 끄덕였다.

"해 볼게요."

마음을 바꾼 것은 '결자해지' 때문이 아니었다. 사슴을 설득할 수 있다면, 어쩌면 한때 나에게 희망이자 삶의 즐거움과 이유였던 존재를 죽이지 않을 수도 있다. 나는 실낱같은 가능성을 믿어 보기로 했다.

그나저나 설화랑이 다치다니. 오토바이를 타고 다니며 요괴를 사냥하던 그녀의 모습이 떠올랐다. 강한 설화랑이 어쩌다가……?

24

은혜를 원수로 ②

자동차가 멈췄다. 겨우 하루 남짓 지났을 뿐인데 우리 집이 너무나도 낯설게 느껴졌다.

"알려 준 대로만 해."

나를 집까지 데려다준 사람은 키가 큰 누나였는데, 역시 정장 차림에 대머리였다. 누나를 보니 자꾸 설화랑이 생각났다.

"네가 약속한 신호를 보내면 주변에서 대기 중인 요원들이 집 안으로 돌입할 거야. 알겠니?"

덩치 좋은 대머리들을 말하는 건가. 고개를 끄덕였다.

"가 보렴."

나는 차에서 내려 아파트 안으로 들어갔다. 여기에, 다른 곳도 아니고 내가 사는 장소에 요괴가 있다니. 수천 번은 드나든 익숙한 곳이 꼭 공포 영화에 나오는 흉가처럼 느껴졌다. 나지도 않는 비린내가 나는 것만 같고, 햇살이 드는데도 주변이 온통 회색으로

143

보였다. 집 앞까지 어떻게 왔는지 기억나지 않는다. 아니, 우리 집이 몇 호인지도 갑자기 기억나지 않았다. 문이 열리고 동생이 나오지만 않았더라면 바보처럼 우리 집이 몇 호인지 다른 누군가에게 물어볼 뻔했다.

"어, 야."

내가 집을 비워서 엄마 아빠가 잔뜩 화나지 않았는지 물어보려고 했다. 그런데 동생은 나를 보자마자 헉 소리를 내며 뒤로 물러났다.

"사, 사 올게. 사 온다고. 오빠가 제일 좋아하는 딸기 맛으로."

"무슨 소리야?"

내가 다가가자 동생은 나를 피해 도망쳤다. 평소의 태도가 아니었다. 원래대로라면 "아 뭐!"라고 짜증 내면서 내 어깨를 툭 치고 지나갔을 것이다.

"미안해. 정말 미안해. 냉장고 안을 확인 못 했어. 용서해 줘."

동생이 나한테 싹싹 빌었다. 생전 처음 보는 모습이었다. 안 그래도 무서운데 더 무서워졌다.

"너 왜 그래?"

가까이 다가가자 동생 눈가의 시퍼런 멍이 보였다.

"이거 누가 그랬어?"

내 손이 닿으려는 순간, 동생은 비명을 지르며 비상계단으로 도망갔다.

"야, 어디 가?"

"어머, 병찬이구나?"

그때 누군가 우리 집에서 나왔다. 엄마였다. 일하는 시간에 집에는 웬일일까?

"엄마, 재……."

"왔구나! 기말고사 전교 일 등! 우리 집의 자랑!"

동생 일을 물어보려고 하는데 엄마가 갑자기 영문 모를 말을 꺼냈다. 나는 엄마한테 이끌려 집 안으로 들어갔다.

"아이고, 왔구나! 우리 아들. 이대로 서울대까지 가는 거다."

놀랍게도 아빠까지 집에 있었다. 도대체 무슨 일일까?

"이 시간에 왜 집에 계세요?"

"어머. 무슨 소리야. 전교 일 등을 하면 휴가를 내고 함께 있어 달라며."

"세가요?"

"그래. 왜 그러니?"

"공부를 너무 많이 해서 피곤한가?"

나는 엄마와 아빠를 가만히 바라보았다. 내가 기말고사 전교 일 등을 한 적이 없다는 사실을 제외하면 평소와 다르지 않다. 그런데 어쩐지 엄마와 아빠가 완전히 다른 사람처럼 보였다. 무서웠다.

"드…… 들어가 볼게요."

나는 비틀거리면서 방으로 들어왔다. 내 방. 이 집에서 가장 좋은 방. 수능 볼 때까지만 쓰기로 허락받은 내 방이면서 내 방이 아닌 장소. 이곳 또한 변한 것이 없어 보였다. 단 하나, 책상 앞에 또 다른 내가 앉아 있다는 점만 제외하면.

"저기……."

나는 나를 불렀다. 아무 대답이 없다.

"야!"

내가 내 어깨를 쳤다. 내가 나를 돌아보았다. 귀에 이어폰을 꽂고 있었다. 블루투스 이어폰. 표면에 살짝 손때가 탄 물건. 내 것이다.

"응?"

내가 나를 바라보며 눈을 크게 떴다.

"어머! 돌아왔구나!"

내가 서민영의 말투로 나를 반겼다.

"안 들켰어? 안 들켰나 보네. 다행이다."

나는 닫힌 방문을 기웃거리더니 두 팔을 뻗고 나에게 다가왔다.

"어쨌거나 돌아온 걸 환영해."

당연히 나는 나를 밀어냈다. 내가 몇 걸음 뒤로 물러나더니 나를 보며 고개를 갸우뚱했다.

"아, 그렇지. 이 모습은 네가 좀 당황스럽겠다."

멋대로 납득하더니 내 피부가 조각조각 갈라졌다. 키가 줄어들고 체형이 바뀌더니 피부가 뽀얗게 변했다. 서민영이 나타났다.

"이 모습을 좋아하지?"

"네가 요괴라는 건 알고 있었어."

나는 간신히 입을 열었다.

"그래도 너를 믿었는데⋯⋯."

차분해지려고 안간힘을 썼지만 그래도 턱이 부들부들 떨렸나.

"도대체 무슨 짓을 한 거야?"

"무슨 짓이라니?"

서민영, 아니 사슴이 눈을 동그랗게 떴다.

"너한테서 받은 은혜를 갚고 있어. 나는 그래야만 해."

"이게 은혜를 갚는 거야? 기말 전교 일 등은 또 뭐야?"

따질 일이 한두 가지가 아니지만, 우선 가장 최근 일부터 언급했다.

"너희 부모님이 너를 자랑스러워할 것 같아서 해 봤어. 물론 최종 목적은 그게 아니야. 월등한 학업 성적을 내고 누구나 알아주는 좋은 대학에 가면 네가 유튜브를 하든 뭘 하든 불만 없겠지. 공부 말고 네가 진짜 하고 싶은 일을 할 수 있어."

사슴이 내는 서민영의 목소리는 낭랑했다. 나를 놀리거나 괴롭히려는 것 같지 않았다. 정말 순수하게 나를 위한 일을 했다고 믿어 의심치 않는 목소리였다.

"우선 부모님께 깜짝 놀랄 정도로 좋은 성적을 받으면 휴가를 내고 함께 시간을 보내 달라는 조건을 걸었어. 약속을 지키는 분들인지 보려고. 무엇보다 일을 나갔다가는 교단 놈들에게 납치당할지도 모르니까. 네가 당한 것처럼 말이야. 부모님이 진실을 알게 되면 얼마나 큰 충격을 받으시겠어. 안 그래?"

"진실을 모르더라도 큰 충격을 받으실 거야."

나는 책상에 놓인 노트북으로 뚜벅뚜벅 걸어갔다. 처음 보는 신형 노트북이었다. 화면에 '황병찬의 정의 구현'이라는 제목이 똑똑히 보였다. 인간 사냥으로 후원금을 모으는 방송에 내 이름이 떡하니 걸려 있었다.

"네가 한 짓을 보면 말이야."

나는 노트북을 들어 땅바닥에 내동댕이쳤다. 노트북에 연결된 카메라, 마이크, 삼각대가 우르르 쓰러졌다. 항상 갖고 싶었던 개인 방송 장비들이다.

"무슨 짓이야?"

사슴이 한 손으로는 노트북을, 다른 손으로는 장비들을 낚아챘다. 나는 사슴이 움직이는 걸 보지 못했다. 화가 머리끝까지 난 와중에도 소름이 끼쳤다. 눈앞의 저 생명체는 정말로 인간이 아니다.

"교단 놈들이 죄다 막아 버리는 바람에 겨우 뚫은 채널이라고! 후원금으로 산 비싼 장비들인데!"

"내 모습을 하고 사람들을 폭행해? 그걸로 돈을 모아? 이게 네가 은혜를 갚는 방식이야?"

"음……. 다소 과격했다는 건 인정할게."

사슴이 조심스럽게 노트북과 다른 장비들을 침대 위에 내려놓았다.

"그래도 단기간에 유명해지려면 어쩔 수가 없어. 교단 놈들 때문에 느긋하게 은혜를 갚을 여유가 없거든."

"그러니까 이게 어떻게 은혜를 갚는 거냐고."

"유명해지고 싶어 했잖아."

사슴이 진심으로 이해할 수 없다는 투로 되물었다.

"나한테 몇 번이나 말했잖아. 심지어 교단에 잡혀가서도 절대 나에 대해 알리지 않겠다면서 말했잖아. '포기하지만 않으면 언젠가는 너도 반짝반짝 빛날 수 있을 거야.' 내가 너에게 그렇게 말해 주는 것 같았다고. 이제 너도 반짝반짝 빛나는 순간이 올 거야."

"사람 폭행하는 장면을 라이브로 보여 주면 반짝반짝 빛날 수 있다고?"

"벌을 받아 마땅한 놈들이야. 많은 사람이 미워하는 작자들이라고."

사슴이 흐뭇한 미소를 지었다.

"유명해지려면 트렌드를 파악해야지. 요즘 '사적 복수'랑 '사이다 결말'이 얼마나 인기가 많은지 알아? 법망을 요리조리 피하면서 솜방망이 처벌 받는 범죄자들을 손봐 주기를 원하고 있다고. 교단이 방송을 차단하기 전까지 후원금이 얼마나 들어왔는지 알아? 두고 봐. 너는 이 시대의 영웅, 전설적인 존재가 될 거야. 네가 좋아하는 서민영하고는 비교도 안 될 만큼."

"정말 그런 목적이라면, 후원금은 왜 받은 거야? 후원금을 받는 영웅이 어디 있어?"

"아……."

그제야 사슴은 조금 부끄러운 얼굴이 되었다.

"음, 그건……. 지난번에 네가 북촌에 가서 나 대신 도움을 요청한 사람 있잖아. 그 사람이 일 억이라고 했던 거 기억해? 그 돈을 마련하려고 그랬어. 걱정 마! 일 억을 제외하고는 다 줄게!"

"돈이 문제가 아니야. 내 얼굴을 하고 사람을 때렸잖아. 경찰이 날 체포하면 어떻게 할 거야?"

"에이, 촉법소년 몰라? 너는 미성년자라 형사 처벌을 안 받아."

사슴이 손바닥을 탁 쳤다.

"촉법소년 히어로! 내가 생각해 냈지만 기막힌 아이디어다."

"사람들은 그런 걸 좋아할지 몰라도, 엄마 아빠는 그렇지 않으실 거야."

나는 한 마디 한 마디를 힘겹게 내뱉었다.

"자식이 촉법소년을 빌미로 사람을 때리고 다닌다면 분명 슬퍼하실 거라고."

"정말? 그럴 거라고 생각 못 했는데."

사슴이 골똘히 생각에 잠겼다. 그 모습을 보던 나에게 어떤 생각이 떠올랐다. 두려웠다.

"만약에 엄마 아빠가 방송을 하지 말라면 어떻게 할 거야?"

동생의 수상한 모습과 얼굴에 생긴 푸른 멍이 떠올랐다.

"때릴 거야? 내 동생한테 그랬던 것처럼?"

"음, 아니. 아무리 그래도 엄마와 아빠를 동생처럼 대할 수는 없지."

"그러니까 내 동생을 때린 건 맞네?"

나도 모르게 큰 소리가 터져 나왔다.

"내 동생을 때렸어!"

"왜 그렇게 화를 내? 네가 그랬잖아. 동생을 따끔하게 혼내고 싶다는 생각을 수백 번씩 한다고. 그래서 내 은혜 갚기 리스트에 넣었어."

사슴이 눈을 크게 뜨고 나에게 다가왔다. 물러서려 했지만 바로 뒤가 벽이었다.

"도대체 아까부터 왜 그래? 네가 왜 이러는지 이해할 수가 없어. 나는 네 소원을 들어주는 걸로 은혜를 갚고 싶었을 뿐이야."

사슴의 콧김이 얼굴에 닿을 듯했다. 서민영의 숨결. 한때는 서민영의 존재 자체만으로도 행복하고, 곁에서 함께 숨 쉬는 것이 꿈처럼 느껴지기도 했다. 그렇지만 이제는 죽도록 무서웠다.

원래 계획은 사슴을 설득하려 했다. 더 이상 그러지 말라고, 이런 걸 원하지 않았다고, 위험에 처한 상황을 알고 있으니 당장 그만두고 어디 먼 곳으로 떠나라고 말하려 했다.

하지만 사슴이 하는 말을 듣고 계획을 포기하기로 했다. 아무리 호소하고 설명해도 듣지 않을 것이다. 아무리 타당한 설명이더라도 이해하지 못할 것이다. 사슴은 사람이 아니라 요괴라는 걸 확실히 깨달았으니까.

"괜찮아, 나만 믿어. 다 잘될 거야."

사슴이 내 얼굴을 향해 손을 들어 올렸다. 무슨 의도였는지 알 수 없다. 내 얼굴을 쓰다듬어 주려고 했는지도 모른다. 하지만 공포를 이기지 못한 나는 교단에 신호를 보내고 말았다.

"응? 그건 뭐야?"

차에서 내릴 때 넘겨받은 USB처럼 생긴 기기의 버튼을 눌렀다. 다음에 무슨 일이 일어났는지 그 순간에는 알 수 없었다. 갑자기 밖에서 굉음이 들리더니, 창문이 부서지고 뭔가가 나를 덮쳤다.

"……."

몇 초 후 정신을 차린 나는 어리둥절했다. 깨진 유리창 파편이 방 구석구석에 흩뿌려져 있고, 정체 모를 낯선 소녀가 나를 안은 채 바닥에 쓰러져 있었다. 신비로운 은색 머리카락을 허리까지 풍성하게 기른 소녀였다.

"괜찮은 것이냐?"

소녀가 일어나며 물었다. 목소리가 어딘지 낯익었다.

"어……."

괜찮다고 대답하려다가 입을 다물었다. 괜찮은 것이냐는 질문은 소녀에게 해야 할 듯했다. 얼굴은 온통 흉터로 뒤덮이고, 오른발과 왼 다리는 붕대를 감은 채였다. 병원 중환자실에 입원했다가 도망쳐 나온 사람 같았다. 과장이 아니라고 증명하듯, 비틀비틀 일어서는 모습이 굉장히 위태로워 보였다.

"주인님! 정말 무모한 일이에요. 몸이 아직 다 낫지도 않았는데, 이러다 죽을 수도 있어요."

"시끄럽다, 비형."

어깨 위로 떠오른 작고 푸른 불꽃을 보고 나서야 나는 소녀가 누구인지 알 수 있었다. 설화랑이 왜 여기에 있을까? 도대체 무슨 일이 일어난 거지?

"겨우 이거야?"

서민영, 아니 사슴의 목소리가 들려왔다. 소름 끼칠 정도로 높고 날카로웠다. 그녀를 본 순간 깜짝 놀랐다. 얼굴과 몸 곳곳에 총알이 박혀 있었다.

"M2 브라우닝 중기관총으로 저격이라. 이 정도로 날 죽일 수 있다고 생각했어?"

사슴이 깔깔 웃었다. 동시에 몸에 박혀 있던 총알이 후두두 아래로 떨어졌다. 총탄이 박혔던 자리에는 작은 생채기 하나 보이지 않았다.

"발악 치고 너무 꼴사납지 않니?"

한참을 웃어 대던 사슴이 갑자기 조용해졌다.

"아니, 아니야. 아무리 그래도 이건 너무 이상해. 너희라면 이 정도로는 날 죽일 수 없다는 걸 알고 있을 거야. 두 번째 공격도 없단 말이지."

사슴은 창밖으로 눈을 돌렸다.

"총이 날아온 위치가……. 잠깐, 여기는……."

사슴은 계속 중얼거렸다. 그사이 설화랑이 나를 꼭 붙잡았다. 하지만 금방이라도 쓰러질 듯이 쇠약한 상태라 붙잡기보다는 나에게 반쯤 기대고 있었다.

"도망쳐야 한다. 비형! 이 아이를 밖으로 옮길 동안 시간을 좀 벌어 다오."

그사이 사슴의 말이 끊겼다. 묘하고 무서운 침묵이 흘렀다.

"네놈들."

돌아선 사슴의 눈동자는 뒤집어져 온통 흰자만 보였다. 악몽에 나올 것 같은 모습이었다.

"내 은인한테 무슨 짓을 하려는 거야아아아악!"

째지는 외침과 동시에 파란 불꽃이 화악 커졌다. 눈부셨다. 꼭 태양을 눈앞에서 보는 것처럼. 아무것도 보이지 않는 가운데 오직 괴성만이 울려 퍼졌다.

'난 이제 어떻게 되는 거지?'

어쩐지 계속 그 생각만 들었다

25

은혜를 원수로 ③

"눈을 비비지 말거라."

시간이 지나자 조금씩 시야가 돌아왔다. 설화랑의 충고는 꼭 예전에 엄마가 해 주던 충고 같았다. "눈병 걸리니까 너무 비비지 마."라던 엄마의 말이 떠올랐다.

"괜찮다. 곧 앞이 보일 것이다."

설화랑의 말대로 금방 시야가 또렷해지며 내가 어디에 있는지 알 수 있었다. 나는 하늘에 떠 있었다. 우리 집 창문 너머로 보이던 야산의 단풍 든 나무들 위에 둥둥 떠 있다니. 멀리 우리 아파트가 보였다.

"저거 헬리콥터잖아?"

아파트 옆에 헬리콥터가 떠 있었다. 날개 돌아가는 소리가 산 중까지 들려왔다. 헬리콥터는 마치 초식 동물을 덮칠 준비를 하는 맹수처럼 우리 아파트 주변을 천천히 선회했다.

갑자기 아파트에서 점이 뛰쳐나오더니 헬리콥터를 향해 달려들었다. 헬리콥터의 창문이 깨지고 동체가 뒤뚱 흔들렸다. 곧 연기가 나더니 헬리콥터는 심하게 기울어진 채로 서서히 아파트에서 멀어졌다.

나는 설화랑을 보았다. 아름답고 긴 은발이 자란 소녀도 나처럼 허공에 떠 있었다.

"방금 헬리콥터로 뛰어든 게 설마……."

"그래. 사슴이다. 당해 내지 못할 것이라 예상은 했다만……."

설화랑은 한숨을 쉬더니 천천히 하강했다. 그녀에게 안겨 있던 내 몸도 조금씩 지면에 가까워졌다.

"저러다가 헬리콥터가 추락이라도 하면……."

"걱정 말거라. 교단에서 수습할 것이다."

드디어 발이 땅에 닿았다. 설화랑이 뭐라고 작게 중얼대자 은발이 조금씩 짧아지더니, 곧 하얗게 빛나며 흩어져 사라졌다. 이제 설화랑의 머리는 익숙한 대머리로 돌아왔다.

"우욱, 커억!"

설화랑이 갑자기 피를 토했다. 새빨간 선혈이 환자복에 묻었다.

"주인님! 아아, 역시나! 너무 무리하셔서 그래요!"

어느새 비형도 우리 곁에 와 있었다. 솜사탕 크기의 파란 불꽃이 난리를 치며 설화랑 주위를 맴돌았다.

"괜찮아?"

소동에 전염되어 나도 떨리는 목소리로 물었다.

“괘념치 말거라.”

설화랑은 그렇게 말했지만 허리를 일으키는 모습이 너무나도 힘겨워 보였다.

“너는 어떠하냐. 무탈한 것이냐?”

“나는…….”

다친 데가 없다고 하려 했다. 분명 다친 데는 없었다. 그렇지만 괜찮다는 말은 도저히 나오지 않았다. 그리고 머릿속에 가족이 떠올랐다.

“엄마, 아빠 그리고 동생도 아직 집에 있을 텐데!”

“걱정 말거라. 춘부장과 자당의 신변은 네가 사슴의 주의를 끄는 사이 교단에서 확보했을 터이니. 그리고 네 어린 누이도.”

‘춘부장’과 ‘자당’이 무슨 뜻인지 물어볼 겨를도 없이 엄마와 아빠에게 이 모든 걸 들켰다는 생각이 먼저 들었다. 그러사 한심히게도 그 자리에 풀썩 주저앉고 말았다.

설화랑은 아무 말도 하지 않았다. 잠시 시간이 흐른 뒤, 나도 모르게 중얼거렸다.

“설득해 보려고 했어. 서민영한테 이런 짓은 그만두고 도망치라고. 그런데…….”

“말을 듣지 않았겠지.”

“이 멍청아!”

비형이 갑자기 확 타올랐다.

“설득이라니! 요괴, 그것도 위험 등급 갑종이 인간의 말을 들을 것 같냐!"

"은혜를 갚는 요괴라고 했어. 그래서 내가 부탁하면 들어줄지도 모른다고 생각했어."

"에라, 모자란 놈아! 사람을 마구 때리는 걸 보고도 그런 생각을 하다니! 너같이 어리석은 놈은 좀 더 심한 꼴을 당해야 해!"

"비형! 입 좀 닥치거라!"

설화랑이 비형을 꾸짖었다. 그렇지만 나는 비형의 말이 옳다고 생각했다.

"네 헤아림이 완전히 틀렸던 것은 아니다. 네가 그날 밤 사슴을 숨겨 주었을 때 그런 요구를 했다면 받아들였을지도 모른다. 그렇지만 지금은 아니다. 그 정도로 보은을 끝내기에는 네가 사슴에게 너무 많은 은혜를 베풀었다."

나는 설화랑을 바라보았다.

"너는 사슴이 치명적으로 약해졌을 때 계속 보호해 주었고, 사슴의 부탁을 들어주려고 창귀의 습격을 받으면서까지 심부름을 했다. 사슴의 정체를 알고 나서도 배신하지 않으려 했다. 실로 가상한 신의지."

마지막 말은 칭찬인지 비꼬는 말인지 알 수 없었다.

"은혜를 갚을 때까지 사슴은 절대 멈추지 않을 것이다. 그리고 너는 이미 네 소원을 사슴에게 다 털어놓았으니……."

"그, 그건 소원이라기보다……."

재주는 없어도 모두의 주목을 받는 특별한 존재가 되고 싶었다.

그래서 여러모로 부족하면서도 아이돌로서 멋지게 성공한 서민영을 죄애로서 동경했나. 그런 이야기였을 뿐이다.

"타인에게 속마음을 너무 솔직하게 털어놓았다. 필시 아직 어리기 때문이겠지."

대머리와 말투만 빼면 나와 나이가 비슷해 보이는 소녀에게 그런 말을 들으니 다소 반발심이 들었다. 그렇지만 그보다 더 중요한 것이 있었다.

"너희가 사슴을 멈추게 할 수는 없는 거야? 그러니까 죽이는 게 아니라."

나는 황급히 팔을 내저었다.

"새, 생포해서 어디 가둬 둔다든지……."

"이런 멍청이! 아직도 정신 못 차렸지!"

비형이 나시 불길을 확 키웠다.

"생포해서 가둬 두자고? 위험 등급 갑종 요괴를? 그게 말이 되냐! 솔직히 말해 봐! 너 말이야, 서민영 모습을 한 사슴을 보면 마음이 약해지지?"

나는 말을 잃었다. 비형의 말이 또 맞았다.

"그게 얼마나 위험한 존재인지 네 눈으로 봤을 거 아니야! 놈을 막을 수 있는 자는 교단에도 없어! 우리 주인님도 덤볐다가 떡이 되도록 맞았단 말이다! 보면 몰…… 가악!"

비형은 설화랑에게 손등으로 얻어맞았다.

"지금 네 모습……. 사슴이 널 이렇게 만들었다고?"

설화랑은 분한 듯 입을 악물었으나 곧 인정했다.

"그러하다. 나도 교단도 힘으로는 사슴을 어찌할 수 없지."

"그렇지만!"

나도 모르게 목소리가 높아졌다. 위화감이 들었기 때문이다.

"우리가 처음 만났던 날, 넌 그 녀석을 쫓고 있었잖아! 네가 훨씬 강해서 그런 거 아니었어?"

"아까 내 말을 제대로 안 들었구나. 그건 내가 사슴보다 강해서가 아니니라. 그때 사슴이 치명적으로 약해진 상태였기 때문이다."

"야, 약해져?"

설화랑은 천천히 고개를 끄덕였다.

"이 세상에 존재하는 어떤 강력한 무기를 사용하더라도 사슴에게 심각한 상처를 입힐 수 없다. 그렇지만 다른 방법으로 치명상을 입힐 수 있지. 그건 바로 배은망덕."

배은망덕? 잘 이해가 되지 않았다.

"배은망덕 중에서도 가장 지독한 것은 자기 때문에 은인이 죽는 것이다."

그러자 사슴이 마지막으로 외친 말이 떠올랐다.

"내 은인한테 무슨 짓을 하려는 거야!"

그렇다면……. 머릿속이 새하애졌다. 내 방으로 쏟아진 총격. 사슴을 노린 공격이라고 생각했다. 그런데 사슴을 노린 게 아니라면……?

"너, 너희, 아까…… 사슴이 아니라 나를 죽이려는 거였어?"

설화랑의 안색이 새하얗게 변했다. 다만 각오한 질문이었는지 단호한 표정으로 입을 꾹 다물었다.

곧 담담한 목소리가 흘러나왔다.

"변명하지 않겠다."

툭. 머릿속에서 팽팽한 무언가가 끊어진 것만 같았다.

"왜, 어째서 그런 말을 나한테 해 주는 거야?"

"거짓말은 하기 싫구나."

"웃기네! 방금 그것도 거짓말이지? 나한테 죽어 달라 하려고 그래? 사슴을 사냥하려고?"

"맹세코 그럴 생각은……."

"꺼져!"

나는 설화랑에게 낙엽을 던졌다. 우습지만 내가 할 수 있는 공격은 그게 다였다. 그러고는 설화랑에게서 멀어지는 것이 최선이었다.

"꺼지라고! 너희도 사슴도 다 못 믿겠어! 내가 혼자……."

나는 말을 멈췄다. 내가 혼자? 혼자서 뭘 어쩔 수 있을까? 서민영, 아니 사슴은 절대로 이른바 '은혜 갚기'를 멈추지 않을 것이다. 설득해도 소용없다. 힘으로도 멈출 수 없다. 그렇다면 도대체 무슨 방법으로…….

분노와 혼란 때문에 떠나지도 머물지도 못하고 갈팡질팡하는데, 설화랑이 조심스레 입을 열었다.

"네게 진실 하나를 알려 주마. 마음 아플 수도 있지만 네가 꼭 알아야 하는 일이다."

설화랑이 비형에게 눈짓하자 비형이 못마땅한 듯 연기를 내뿜으며 슬슬 뒷걸음질 쳤다.

"마음이 정해지면 '호수의 노인'을 찾아가거라."

무슨 말을 하는지 몰라 멍하니 있는데, 설화랑이 비형을 잡아 이쪽으로 휙 던졌다.

"어쩌면 그가 너에게 원하는 걸 줄지도 모르지."

비형을 가볍게 던지고도 설화랑은 몹시 힘겨워했다. 사슴에게 입은 상처가 생각보다 훨씬 심각해 보였다.

26

호수의 노인 ①

"이 배은망덕한 자식아!"

비형은 나에게 막말을 퍼부었다. 그를 따라가야 하는 처지였으므로 무시할 수도 없었다.

"배은망덕이라니! 누가 할 소리인데 그래? 서민영, 아니 사슴을 잡으려고 나를 죽이려 한 건 너희잖아!"

"주인님은 반대하셨단 말이다!"

비형이 꽥 소리를 지르자 불꽃 덩어리가 풍선처럼 부풀어 올랐다.

"주인님은 어떻게든 혼자서 사슴을 잡으려고 하셨어!"

"잡을 수 없을 정도로 강하다며!"

"사슴이 야해졌을 때는 승산이 있었단 말이다. 그런데 하필 네가 사슴을 숨겨 줬잖아!"

할 말이 없었다. 비형은 기세등등해서 파랗게 불타올랐다.

"교단에서는 너를 잡아 오자고 했는데 주인님이 계속 반대하셨

어. 거기다 이번에는 교단의 명령을 어기고 끼어들어 너를 구해
주기까지 하셨으니! 아, 가엾은 주인님! 앞으로 어찌 되실까. 안
그래도 교단에서 입지가 위태로운데."

"설화랑이 교단에서 입지가 위태로워?"

미안한 마음에 떠오르는 모습이 있었다. 그녀의 머리에서 돋아
난 은발, 나를 안고 하늘을 날던 모습. 나는 침을 꿀꺽 삼키고 힘
겹게 물었다.

"혹시…… 설화랑이 요괴이기 때문에?"

"정확히 말하면 반(半)인간이지."

비형이 거만하게 콧방귀를 뀌자 연기가 피식 피어올랐다.

"인간과 인간 아닌 자들 사이에 끼여 죽도 밥도 아닌 존재. 바로
애처롭고 강인하며 위대한 우리 주인님이라고. 알지도 못하면서."

"그런 애가 왜 요괴를 처치하는 쪽에 있는 거야?"

"그거야 주인님의 성품이 고결하기 때문이지."

어쩐지 비형이 우쭐댔다.

"약한 존재를 악한 존재로부터 지켜야 한다고 생각하시는 거야,
분명."

"요괴를 사냥하는 반인간이라니."

꼭 판타지 소설이나 영화에 나올 법한 설정이었다. 나는 문득
비형을 보았다.

"그럼 너는 뭔데?"

"빨리도 물어본다. 나는 도깨비불이야."

비형이 앞으로 날아갔다. 위엄이 느껴지는 하얀 건물이 보였다.

"교단에서 오직 나만이 주인님을 이해할 수 있지."

"그런데 우리 지금 어디로 가는 거야? 호수의 노인한테 가는 길 아니었어?"

'호수의 노인'이 뭔지는 모르지만, 지난번에 본 창귀를 기르는 자와 비슷하지 않을까 싶었다. 이런 곳으로 올 줄은 상상도 못 했다. 드라마나 영화에서만 본 적 있는 국립과학수사연구원이었다.

"호수의 노인을 찾아가기 전에 챙겨야 할 게 있어."

"챙기다니, 뭘?"

"너의 진실."

비형이 도대체 뭘 말하는 건지 이해할 수 없었다. 국립과학수사연구원 정문에 하얀 가운을 입은 아서씨가 서 있었다.

"주인님의 명을 받고 왔느니라."

비형이 갑자기 근엄하게 말했다. 아저씨는 말하는 불꽃을 보고도 놀란 기색이 없었다. 교단과 연결된 사람일까?

"어서 시신이 있는 곳으로 안내하거라."

아저씨는 나를 흘긋 보더니 걱정스러운 표정을 지었다.

"이 아이가 그 아이구나. 괜찮을까? 미성년자한테……."

"어허! 말이 많구나! 어서 안내하래도!"

비형의 당당한 태도 따위는 안중에 없을 만큼 나는 충격을 받았다. 시신? 나를 시신에게 데려간다고? 왜? 어째서?

"시신이라니? 누구의 시신?"

비형이 나를 향해 돌아섰다. 도깨비불이라는 비형에게는 눈도 코도 입도 없다. 그렇지만 나는 그때 비형이 입꼬리를 올리며 웃었다고 확신한다.

"누구일 거 같아?"

27

호수의 노인 ②

"장관님! 뇌물 수수 혐의에 대해 한 말씀만 해 주십시오!"

"우리나라 산업 기밀을 넘기셨다는 게 사실입니까?"

"얼마를 받으셨나요?"

장관은 기자들의 질문에 입을 꾹 닫은 채 경호원늘의 호위를
받으며 묵묵히 발걸음을 옮겼다. 오늘따라 경호원 중에 유독 대머
리가 많았지만, 장관에게 집중한 기자들은 눈치채지 못했다.

"살해 협박을 받으셨다는 게 사실입니까?"

한 기자가 목청을 높였다. 다른 기자들도 연이어 물었다.

"현상금이 걸렸다는 이야기가 있던데요!"

"용의자가 하샌이라던데 들어 보셨습니까?"

그 질문이 나온 순간 장관은 아주 잠깐 움찔했지만, 곧 정신을
차리고 고급 리무진에 올라탔다. 경호원들은 별도의 차량으로 이
동해서 리무진에는 경호원들처럼 대머리인 운전기사와 장관만 있

었다. 둘만 남자마자 장관은 퉁명스럽게 말했다.

"정보 통제를 어떻게 하는 거야? 멍청한 교단 놈들."

"송구합니다."

운전기사가 사과했다. 그 목소리가 낮고 알아듣기 힘들었으나 잔뜩 화가 난 장관은 알아차리지 못했다.

"호위는 잘하고 있겠지? 위험 등급 갑종이건 뭐건 무조건 막아! 실패하면 어떻게 되는지 알지? 모두 폭로해 버릴 거야. 너희 교단은 물론 요괴에 대해서도."

말이 끝나자마자 갑자기 커다란 리무진이 빙그르르 한 바퀴 돌아 중앙선을 넘었다. 끼이이익. 요란한 소리와 함께 따라오던 경호 차량들이 급정거했다. 갑작스러운 상황에 아무도 대응하지 못하는 사이, 그들을 따돌린 리무진은 시속 이백 킬로미터까지 속도를 높이며 도로 위를 질주했다. 순식간에 시가지를 벗어나 고속도로를 타고 한적한 교외로 접어들었다.

"뭐, 뭐야, 뭐야?"

장관은 겁에 질린 채 요동치는 뒷좌석에서 이리저리 굴렀다.

"어디로 가는 거야? 경호원들하고 완전히 떨어졌잖아! 이러다가 사슴이 나타나면……."

장관은 문득 짚이는 게 있는지 얼굴이 새파랗게 질렸다.

"너, 설마…… 사슴이냐?"

"사슴이라면 그 아이의 모습으로 왔겠지요."

운전기사의 대머리에서 은색 머리카락이 자라났다.

"장관님에게 폭행을 휘둘러 그 아이, 황병찬의 얼굴을 세상에 알리고 싶어 하니까요."

설화랑이 운전대를 잡은 채 백미러로 장관을 보았다.

"저는 장관님을 보호하러 왔습니다."

"너구나! 황병찬인가 뭔가를 죽이지 못하도록 방해했다는."

화가 잔뜩 난 장관은 운전석을 발로 쾅쾅 찼다.

"무슨 수작이야?"

"네, 맞습니다. 어제 교단은 사슴이 아니라 황병찬을 죽이려고 했습니다."

잠시 멈춘 뒤 설화랑은 말을 이었다.

"그리고 오늘은 장관님을 죽이려 하고 있고요."

"뭐, 뭐라고?"

"황병찬한테 했던 것처럼 상관님을 니끼로 사슴을 집으려 한다는 뜻입니다. 황병찬 행세를 하는 사슴은 장관님을 노리고 따라올 테니까요."

"나를 왜 죽여?"

"사슴이 장관님 근처에 나타나면, 일대를 초토화시키는 공대지 미사일을 발사할 계획입니다. 그 정도면 제아무리 사슴이라도 죽겠지요."

"말도 안 돼! 내가 교단에서 얼마나 중요한 사람인데. 믿을 수 없어."

"장관님 말고도 교단을 돕는 높은 분들은 많습니다. 장관님께는 숨겼을 테지만요.”

“뭐야?”

“직접 눈으로 보시지요.”

설화랑이 창문을 보자 장관도 따라서 시선을 옮겼다. 하늘에는
어느새 전투기가 떠 있었다.

“이, 이럴 수가……. 아니야. 그럴 리 없어. 아무리 인적이 드문
곳이라도 미사일을 발사하면 난리가 날 텐데…….”

“난리보다는 갑종을 없애는 일이 더 중요하다고 생각할 겁니다.”

설화랑은 확신을 담아 말했다.

“교단이니까요.”

장관은 눈앞에서 진실을 목도하고도 고개를 절레절레 저으며
현실을 부정했다.

“그럴 리 없어…….”

“일단 미사일의 사정권에서 벗어나야 합니다. 급커브를 할 테니
뭐든 잡고 계시는 게…….”

설화랑이 갑자기 입을 다물었다.

“뭐야? 왜? 무슨 일인데?”

“아무래도…….”

장관은 입술을 깨무는 설화랑을 똑똑히 보았다.

“늦은 것 같군요.”

“미, 미사일이 날아온다고?”

장관이 급히 창문으로 하늘을 올려다보았다.

"그것보다 더 무서운 게 왔습니다."

리무진을 공격하기 위해 고도를 낮추던 전투기가 갑자기 크게 흔들리더니 뒤뚱거렸다. 꼭 사자한테 공격받은 들소 같은 움직임이 심상치 않은 상황을 대변했다.

"사, 사슴?"

장관은 머릿속에 떠오른 유일한 가능성을 입에 담았다.

"사슴이 나타난 건가?"

"네."

설화랑이 리무진을 세웠다.

"장관님을 죽이기 위해서요."

그때 전투기의 조종석이 통째로 뜯겨 나갔다. 조종사는 낙하산을 타고 재빠르게 탈출했으나 조종사를 잃은 전투기는 빙글빙글 돌면서 땅으로 추락했다. 이대로라면 리무진 근처에 떨어질 것이다.

"으아악!"

장관이 비명을 질렀다.

"뭐라도 좀 해 봐!"

설화랑이 운전석에서 몸을 일으키자 동시에 리무진 상단 덮개가 날아갔다. 강제로 오픈카가 되어 버린 리무진에서 설화랑은 장관의 몸을 안고 날았다.

겨우 몇 초 후 요란한 폭음과 함께 전투기가 폭발했다. 리무진은 바로 불길에 휩싸였다.

"힘 빼지 않아도 상관없었는데."

전투기가 추락한 곳에서 십 대 소년이 불길을 헤치고 걸어 나왔다. 황병찬의 얼굴과 몸을 하고 황병찬의 목소리를 내고 있으나 황병찬이 아니었다. 황병찬이라면 전투기를 추락시킬 수도, 일대를 휘감은 폭발 속에서 상처 없이 멀쩡히 걸어 나올 수도 없으니까.

"장관이 죽지는 않았을 거야. 내가 얼마나 신경을 많이 썼는데."

황병찬은 주먹을 쥐었다 폈다 하더니, 제자리에서 통통 뛰는 동시에 우두둑 소리를 내며 목을 꺾었다. 꼭 시합 직전 몸을 푸는 격투기 선수 같았다.

"나한테 흠씬 두들겨 맞아야 하거든. 시청자들도 그걸 원하고 있어."

황병찬은 손목에 감은 휴대폰을 보여 주었다.

"미안하지만 무슨 수를 쓰든 막을 수 없을 거야. 저 멀리 아프리카 서버를 우회하는 채널이거든. 정말 방송을 차단하고 싶거든 아예 전산망을 마비시키는 전자기 펄스탄이라도 써야 할 거야. 물론 너희가 그걸 구해 오기 전에 중계는 끝나겠지만."

"그리고 이걸 멈추고 싶으면……."

설화랑이 안고 있던 장관을 땅에 천천히 내려놓으며 말했다. 그는 리무진에서 날아오르던 때부터 기절해 있었다.

"당장 황병찬을 여기로 데려와라, 이게 요구 조건이냐?"

"잘 아네. 내 은인은 어디 있어? 설마 죽이지는 않았지? 내 힘이 온전한 걸 보면 그렇지 않은 것 같네."

"황병찬이 어디 있는지는 모른다."

설화랑은 조금의 두려운 기색도 없이 황병찬으로 변신한 사슴을 바라보았다.

"그러나 황병찬이 네가 하고 있는 짓거리를 절대 '보은'으로 여기지 않을 거라는 건 잘 알지."

"아, 답답해! 너희도 그렇고 내 은인도 그렇고, 왜 그렇게 답답하게 구는 거야?"

사슴이 가슴을 팡팡 쳤다. 그 동작에 꾸민 기색은 없었다. 정말 속이 터질 듯 답답한 모양이었다.

"솔직히 말해 봐. 너희 인간들이 잘하는, '마음은 고맙지만 정말 괜찮아' 같은 인사치레지? 속으로는 기쁜데 예의를 차려야 하니까 억지로 사양하는 거 말이야."

그러자 설화랑이 차갑게 웃었다.

"보통 '마음은 고맙지만 괜찮아'라고 말하고 싶어 스스로 목숨을 끊는 경우는 없느니라. 서민영 말이다."

사슴이 입을 다물었다.

"그 이야기는 하지 말라고 했지?"

"네가 서민영에게 '은혜를 갚겠다고' 했던 짓을 떠올려 보거라."

설화랑은 사슴의 심상치 않은 기색에도 아랑곳하지 않았다.

"서민영의 경쟁자인 아이돌이나 배우들에게 네가 어떻게 했느냐. 몇 명은 죽이기까지 했지. 네 옛 은인이 모든 사실을 알았을 때 심경이 어땠을 거라고 생각하느냐. 그녀도 너에게 제발 멈춰 달라고 애원하지 않았더냐?"

그때 사슴이 번개처럼 움직였다.

"지금의 은인인 황병찬처럼."

설화랑은 반응하지 못했고, 사슴의 주먹이 그대로 얼굴에 꽂혔다. 도로 옆의 풀들을 모조리 눕혀 버릴 정도로 강한 돌풍과 함께 설화랑은 수십 미터 뒤로 날아갔다.

"네가 뭘 알아!"

"전부 안다. 나는 죽은 서민영과 만났으니까."

설화랑은 힘겹게 일어섰다. 하지만 말투는 전혀 흐트러지지 않았다.

"그녀가 절망해 몸을 던진 바로 그 다리 밑에서. 너도 알 텐데."

"가만 안 둬, 너!"

"이제까지 은인들을 몇 명이나 죽음으로 내몰았느냐?"

설화랑은 몸을 추슬렀다. 이마에는 멍이 들고, 다리는 중심을 잃고 휘청거렸다. 그렇지만 음속보다 빠른 공격을 받은 것에 비하면 의외로 가벼운 상처였다.

"그게 내가 너를 막으려는 이유이니라."

설화랑 뒤에는 정신을 잃은 장관이 공중에 떠 있었다. 장관을 곁에 두고 사슴으로부터 지키려는 것 같았다.

"날 막아? 무슨 수로? 그 같잖은 사령술로?"

사슴은 비웃으며 다리에 힘을 주었다. 그러자 고속 도로가 가라앉으며 땅에 거미줄 같은 균열이 생겼다.

"귀신을 부릴 수 있다고 해서 나를 막지는 못하지. 저번에 그렇게 두들겨 맞고도 아직 모르겠니?"

"혼백들에게 명령할 수 있는 힘은 싸우는 데 쓰지 않는다. 서민영의 혼백과 만날 때처럼 뭔가를 찾는 데 쓰거나, 또……."

설화랑이 가볍게 주먹을 쥐었다.

"기계를 오작동하게 만들 수도 있느니."

파지직 소리가 나더니, 사슴의 손목에 감겨 있던 휴대폰이 연기를 내며 꺼졌다. 사슴은 고장 난 휴대폰을 잠시 말없이 바라보았다. 그러더니 송곳니를 드러내며 웃었다.

"역시…… 너부터 죽여야겠네."

28

호수의 노인 ③

숨이 차올랐다. 차를 세워 두고 걸어온 지 한참이다. 포장되지 않은 길을 걷다 보니 다리에 힘이 빠져서 자꾸 발을 헛디뎠다. 거기다 계곡에는 자갈이 정말 많았다. 밟을 때마다 지압하듯이 다리를 자극하는 크고 작은 돌들.

"……."

내 걸음이 늦다고 벌써 잔소리를 늘어놔도 모자랐을 비형인데, 어쩐지 조용히 앞에 떠서 내가 나아가야 할 방향을 가리킬 뿐 아무 말이 없다.

"이곳에 호수의 노인이 있어?"

나는 가쁜 숨을 몰아쉬며 물었다.

"호수의 노인은 어디에든 있어."

비형이 억양 없는 목소리로 대답했다. 그렇게 말하니까 새삼스럽지만 진짜 도깨비불 같았다.

“물이 고여 있는 곳이라면 어디든.”

“그러면 굳이 이런 외진 곳까지 올 필요 없잖아.”

“남들 눈에 뜨이면 안 되니까.”

비형이 통통 앞으로 날아갔다.

“주인님이 그렇게 말씀하셨어.”

비형을 따라가며 정말 남들 눈에 안 뜨일까 고민했다. 물론 깊은 계곡이다 보니 사람 한 명 안 보이긴 했다. 그것과는 별개로 계곡이 정말 아름다웠다. 겨울인데도 우거진 풀잎은 푸르고 대리석처럼 하얀 기암괴석들이 사방을 둘러쌌다. 그 사이를 흐르는 물은 에메랄드빛이었다. 어디선가 고운 한복을 차려입은 선녀가 나타나 거문고를 타고, 학들이 선율에 맞춰 물 위에서 날갯짓할 것만 같았다. 동양풍 판타지 어드벤처 게임에나 나올 법한 장소였다.

“다 왔어. 저기야.”

강의 끝에 다다르니 그리 크지 않은 절벽에 동굴이 보였다. 동굴로 흘러 들어간 물이 그 안으로 둥글게 모여 작은 연못을 이루고 있었다.

“저 안으로 들어가서 시킨 대로 해. 그러면 호수의 노인이 나타날 거야.”

“너는 안 들어가?”

내 말을 듣자마자 비형은 뒤로 종종걸음 쳤다. 겁먹은 듯했다.

“나는…….”

비형이 한참 후에야 낮고 가라앉은 목소리로 대답했다.

"주변을 살피면서 보초를 설 거야."

자꾸 동굴로부터 멀어지려고 하는 비형의 태도가 불길했다. 호수의 노인이 도대체 뭐길래 저러나 싶었다. 하지만 선택의 여지가 없었다. 메고 온 가방을 한 번 고쳐 멘 뒤, 나는 동굴 안으로 발을 들였다.

동굴은 그리 깊지 않았다. 안쪽까지 햇빛이 충분히 닿을 만한 깊이였다. 그런데 예상과 달리 안쪽은 꼭 심해의 해구에 들어선 것처럼 어두웠다. 사방에서 조여 오는 듯한 압력 때문에 숨쉬기가 힘들었다.

나는 해야 하는 일을 떠올리려고 애썼다. 비형이 전해 준 설화랑의 말을 생각했다.

'산속에 들어가 물이 보이면……'

캄캄한 와중에도 연못의 윤곽이 어슴푸레하게 보였다. 수면이 찰랑였다.

'그 안에 가장 소중한 것을 넣어.'

호수의 노인도 요괴일 것이다. 비형이 겁내고, 교단마저 손을 쓰지 못하고 내버려둘 정도로 무서운 요괴. 그렇지만 나는 정체불명의 요괴보다 지금 하려는 일이 더 버거웠다.

'가장 소중한 것……'

나는 메고 온 가방을 내려놓은 뒤, 지퍼를 열고 안에 든 조그만 항아리를 꺼냈다.

유골함. '진짜' 서민영이 자그마한 함에 들어 있다. 나의 최애,

서민영. 유골함을 든 손이 부들부들 떨렸다. 국립과학수사연구원에서 본 '진실'이 자꾸 떠올랐다.

가운을 입은 아저씨가 고민 끝에 사진을 건넸다. 사진 속에는 물에 잠겨 심하게 부풀어 오르고 훼손된 시신이 있었다. 낯설고 끔찍한 모습이었지만 나는 그 사람이 누구인지 알 수 있었다. 하루에도 몇 번씩 사진을 바라보고 영상을 초 단위로 쪼개 보며 열광했던 팬이기에, 입고 있는 옷을 평소에 얼마나 좋아했는지, 차고 있는 목걸이가 얼마나 의미 있는지 너무나도 잘 알았다.

아저씨도 분명 서민영의 시신이 맞다고 했다. 자신도 서민영을 좋아한다고 말했다. 서민영을 향한 내 마음은 '좋아한다'는 단어로 간단히 표현할 수 없다. 한때 내가 살아가는 이유였고, 내가 살고 싶은 세상 그 자체였으니까. 서민영이 이제는 한 줌의 재로 변해 묵묵히 유골함에 담겨 있다.

가장 소중한 것. 지켜 주고 싶은 것. 정체가 요괴라도 받아들일 수 있는 것.

나는 그것을 천천히 동굴 속 연못 안에 넣었다. 마지막으로 손가락을 떼기까지 시간이 걸렸다. 유골함은 무정하게도 순식간에 연못 안으로 가라앉았다.

잠시 정적이 흘렀다.

갑자기 연못이 끓어올랐다. 물속에서 빛이 올라와 수면을 파랗게 물들였다. 나는 그 요괴가 왔다고 직감했다. 연못 중앙이 점점 더 심하게 부글거리더니, 곧 뭔가가 천천히 올라왔다.

하얀 손이었다. 크고 하얗고 매끄러운 손이 수면 위로 솟아올랐다. 손바닥에는 금으로 만든 항아리가 들려 있었다. 좀 전에 내가 연못에 넣은 유골함과 모양도 크기도 똑같았다. 다만 재질이 금이라는 점이 달랐다.

"이 금항아리가 네 것이냐?"

갑자기 허공에 목소리가 울려 퍼졌다. 성별을 알 수 없는 묘한 미성이었다. 비형이 경고했다. 반드시 진실만을 답해야 한다고.

"아닙니다."

나는 대답했다. 내가 넣은 유골함은 금이 아니었다. 손이 스르륵 가라앉았다. 잠시 후 수면이 부글거리더니 또다시 손이 솟아올랐다.

"이 은항아리가 네 것이냐?"

"그것도 아닙니다."

그러자 스르륵 수면 아래로 가라앉은 손이 곧 다시 떠올랐다.

"그렇다면 이 항아리가 네 것이냐?"

나는 눈을 가늘게 뜨며 잔뜩 집중했다. 어두운 동굴 속이지만 호수의 노인이 등장할 때 나타난 빛이 항아리를 잘 비춰 주었다. 표면에 새겨진 이름이 보였다.

故 서민영.

"네. 그것이 제 항아리가 맞습니다."

갑자기 노인이 껄껄거리며 웃었다. 나는 그 소리를 듣고 나서야 새삼 정체불명의 존재가 호수의 노인이라는 이름을 가지고 있다는 걸 떠올렸다.

"낄낄낄켈켈켈겔겔."

시간이 갈수록 웃음소리는 점점 더 기분 나쁘게 바뀌어 갔다.

"착하구나. 그러면 이것은 내가 가지고 가겠다."

"안 돼요!"

나는 호수로 뛰어들었다.

"낄낄낄낄낄. 대신 두 항아리는 네 것이다."

금항아리와 은항아리가 호수 위에 둥둥 떠다녔다.

"안 돼요! 돌려주세요!"

나는 목청껏 외치며 필사적으로 물장구질을 쳤다. 하지만 수면 위로 올라온 손은 순식간에 밑으로 가라앉았다. 곧 호수의 불빛도 꺼지고, 금항아리와 은항아리만이 내가 헤엄치고 있는 곳으로 찰 랑찰랑 물살을 따라 다가왔다.

서민영의 유골을 빼앗기고 말았다.

설화랑이 알려 준 그대로였다. 호수의 노인은 역시 요괴였다. 인간과는 어울릴 수 없는 존재.

"호수의 노인은 네가 빠뜨린 가장 소중한 것을 가지고 갈 거야."

나는 금항아리와 은항아리를 품에 안고 겨우 기어 나왔다. 다행 히 얕은 연못이라 어린이 풀장에서 헤엄치는 기분이었다.

최애의 유골을 정체 모를 요괴에게 넘겨주고 말았다. 서민영은 이제 이 세상에 흔적조차 남지 않은 걸까. 하지만 나는 할 일을 해 야 했다.

“호수의 노인은 소중한 걸 빼앗아 가는 대신, 너에게 가장 필요
한 걸 줄 거야.”

나는 금항아리와 은항아리 뚜껑을 차례로 열었다.

(29)

배은망덕 ①

요란한 폭음이 울려 퍼졌다. 사슴의 발 차기를 막은 설화랑이 수십 미터 뒤로 밀려났다. 팔은 이미 부러졌다. 혼백들을 방패 삼아 충격을 줄였는데도 중상을 입었다.

"컥!"

지난번 터진 뒤 아직 다 아물지 않은 오장육부에서 또다시 피가 배어나 설화랑의 입에서 뚝뚝 떨어졌다.

"그때와 전혀 달라지지 않았네. 그렇지?"

사슴이 조롱했다.

"너희와 나의 차이지. 너는 내가 은혜를 갚는다고 뭐라 하지만, 그게 아니라면 네가 감히 나에게 덤빌 엄두나 낼 수 있겠니?"

"맞다."

설화랑은 혼백을 시켜 여전히 기절해 있는 장관의 몸을 한참 뒤로 옮겼다. 싸우는 중에 다칠까 봐 염려되었다.

"사슴 너의 유일한 약점은 은인이 너로 인해 다치는 순간 일시적으로 힘을 전부 잃어버린다는 것이다. 바꿔 말하면, 너를 잡으려면 누군가가 다칠 수밖에 없다는 뜻이기도 하지."

"너희가 날 죽이려 쫓아다니지 않는다면 아무 문제도 없지 않을까?"

"네놈의 얼토당토않은 은혜 갚기가 아니면 애초에 쫓아다닐 일이 없었을 터. 어찌 다른 갑종 요괴들처럼 세속과 연을 끊고 살지 못하는 것이냐?"

"그게 내 본성이거든. 인간이 먹고 싸고 자는 것처럼, 나는 은혜를 갚아야 살 수 있어."

갑자기 사슴이 한숨을 쉬었다.

"결국 닭이 먼저냐 달걀이 먼저냐 하는 문제구나. 우리 둘 중 하나가 죽어야 끝나겠네."

"옳다."

"그리고 죽는 건 너고."

설화랑의 눈앞에서 사슴이 사라졌다. 다음 순간, 설화랑은 등에 발 차기 공격을 맞고 아스팔트 도로에 처박혔다.

"쳇. 척추를 부러뜨리려 했는데. 네가 부리는 귀신들, 진짜 거슬리네."

설화랑은 극심한 고통 속에서도 옆으로 굴렀다. 사슴의 발이 방금 전까지 설화랑이 누워 있던 곳을 밟아 부쉈다. 도로가 무너져 내리며 지반까지 갈라졌다. 설화랑은 누운 채로 식은땀을 흘리며 사슴을 바라보았다. 사슴은 여전히 황병찬 모습을 하고 있었다.

"안심해. 구경꾼이 없어서 장관을 어쩔 생각은 없어."

설화랑은 진짜 황병찬에게 마지막 희망을 걸고 비형을 보냈다. 황병찬은 호수의 노인에게서 무엇을 얻었을까. 그것이 사슴을 상대할 수 있는 비장의 무기가 될까. 아니, 설령 그렇다 하더라도 황병찬이 사슴에게 무기를 사용할까? 여태까지 자신과 교단으로부터 사슴을 보호해 왔는데.

설화랑은 황병찬을 믿을 수밖에 없었다. 자신이 밝혀낸 진실이 황병찬의 마음을 움직였길 바랐다.

설화랑은 간신히 일어섰다. 은발이 머리에서 하나둘 뽑혀 나와 떨어져 내렸다. 터럭 하나 없는 원래 상태로 되돌아가고 있었다. 몸이 다치고 무너지며 혼백을 지배하는 힘도 약해져 갔다. 설화랑은 시간이 얼마 남지 않았다고 직감했다. 사슴도 알고 있는 듯했다. 얼마 안 되어 설화랑은 사슴으로부터 끝장나고 말 것이다. 중심을 제대로 잡지 못하고 겨우 일어서는 설화랑에게 결정타를 날리는 대신, 사슴은 그저 능글맞게 웃으며 그 모습을 바라보았다. 자비로운 마음은 확실히 아니었다.

"사람들에게 중계할 수는 없어도, 널 죽이는 건 굉장히 즐거울 것 같아."

사슴의 노림수가 더욱 확실해졌다.

설화랑은 품에서 총을 꺼냈다. 사슴을 향해 겨누었다. 음속을 넘어서는 사슴에게 총은 아무 의미가 없었다. 다만, 너를 어떻게

든 막겠다는 강력한 의사는 전달했다.

"부디 다음 한 방으로 죽지 말아 줘."

사슴이 자세를 낮추자 설화랑은 떨리는 손가락을 방아쇠에 걸었다.

"좀 더 패고 싶으니까."

결국 둘은 공중에서 격돌했다. 예상대로 설화랑이 죽기 일보 직전이었다.

"그만둬!"

황병찬이 나타났다. 사슴이 변장한 가짜가 아닌 진짜 황병찬. 천리만리 떨어진 계곡에 있어야 할 황병찬. 그가 홀연히 고속 도로에 모습을 드러내더니, 둘 사이를 가로막았다.

30

배은망덕 ②

"여긴 어떻게……."

처음 입을 연 것은 사슴이었다. 내 모습을 한 채 나를 바라보며 멍하니 중얼거렸다.

"그 보습은 또 뭐야?"

사슴의 심정을 충분히 이해할 수 있었다. 나도 내 모습에 적응하기까지 시간이 오래 걸렸다. 하늘에 둥둥 떠 있는 몸, 빛을 반사하지 못하고 옅게 투과시키는 창백한 피부, 그림자가 보이지 않는 발밑.

나는 유령이었다.

"호수의 노인을 만난 것이냐?"

설화랑이 물었다. 그녀의 말대로다. 호수의 노인에게 받은 금항아리와 은항아리 중 은항아리에 담긴 약을 먹었더니, 뜻밖에도 나는 죽고 말았다.

“네가 혼백이 되었구나.”

사정을 모두 짐작한 듯하면서도 설화랑은 얼이 빠진 목소리였다. 그런 목소리는 처음이었다. 그녀도 내가 호수의 노인으로부터 뭘 받을지는 짐작하지 못한 것이다.

“너도 몰랐어?”

“혼백들을 부르긴 했지만 네가 섞여 있을 거라고는…….”

“혼백이라고?”

설화랑에게 죽은 자를 불러내 다루는 능력이 있다고 미처 깨닫기도 전에 사슴이 절규했다.

“혼백이라니!”

나도 설화랑도 입을 다물고 사슴을 바라보았다.

“네가 죽었다고? 내 은인이 또 스스로 목숨을 끊었다고? 나 때문에?”

사슴은 간청하듯 나를 바라보았다.

“아니지? 그렇지 않지?”

나는 설화랑을 보지 않았다. 뭐라고 대답해야 할지 물어보기 위해 그녀를 볼 필요는 전혀 없었다. 나는 뭐라고 대답해야 할지 알고 있었다.

“맞아.”

나는 사슴을 노려보았다.

“전부 너 때문에 이렇게 됐어.”

거짓말이 아니었다. 내 얼굴과 내 몸으로 둔갑하고 인간 사냥을 다닌 사슴. 그 모습을 생중계하며 돈을 벌려고 했다. 그리고 가족들이 그 사실을 알아 버렸다.

이것만 해도 충분히 앞날이 막막했다. 그런데 내 삶의 희망이자 원동력이던 서민영의 최후까지 알게 되었다. 사슴 때문에 그녀에게 무슨 일이 일어났는지 알고 말았다. 끝없는 절망과 슬픔이 나를 덮쳤다.

"아니야!"

사슴은 끝까지 부정했다. 나를 닮은 눈에서 피눈물이 흘러내렸다. 그러고는 오장육부가 토막토막 끊어지는 듯한 비명을 질렀다.

"전부 교단 때문이야! 교단만 아니면 모든 게 잘 풀렸을 거야!"

사슴은 주먹을 쥐고 내 쪽으로 달려왔다. 아마 평소처럼 '눈에 보이지 않는' 속도로 움직이고 있다고 생각했을 것이다. 그러나 사슴의 움직임은 평범한 내 눈에도 훤히 보였다. 달려온 사슴은 영혼 상태인 내 몸을 통과하더니 설화랑의 얼굴을 향해 주먹을 날렸다.

"어?"

설화랑이 그대로 주먹을 틀어잡았다. 사슴이 전력으로 내지른 주먹을 한 손으로 가볍게 막았다. 사슴은 예전과 너무나도 달랐다. 치명적으로 약해진 상태였다.

"오직 이 순간만을 기다렸느니라."

설화랑은 천천히 발을 들었다.

"배은망덕. 네 유일한 약점이지."

그러고는 사슴의 허리를 걷어찼다. 사슴의 몸이 기역 자로 꺾이며 날아갔다.

"어? 어어?"

사슴은 배를 잡고 덜덜 떨며 두려움에 사로잡힌 눈으로 설화랑을 바라보았다. 나랑 똑같이 생긴 존재가 그러는 걸 보고 있자니 기분이 묘했다.

"지금이라면 총도 통하겠구나. 갑종 위험 등급 요괴, 사슴."

설화랑의 손에 쥐어진 총을 보고 사슴은 놀라서 도망가려 했다. 설화랑은 가볍게 달려가 발을 걷어찼고, 사슴은 맥없이 쓰러졌다.

"소용없느니라. 여기는 고속 도로 위. 그때처럼 숨을 만한 골목도 번화가도 없지."

그제야 나는 사슴과 설화랑을 처음 봤던 그날 밤 무슨 일이 벌어졌는지 알 수 있었다.

"으아아아!"

"순순히 죄의 대가를 치르거라."

설화랑의 총구가 나를 빼닮은 존재의 이마로 향했다. 사슴이 울기 시작했다. 아까 넘어질 때 시퍼렇게 멍이 든 얼굴에서는 눈물과 침이 줄줄 흘렀다. 사슴은 나를 닮았지만 내가 아니다. 저 상처는 내 몸에 난 것이 아니고, 설화랑이 총을 쏜다고 해도 내가 죽는 게 아니다. 아니, 나는 이미 죽었다.

그렇지만…….

"설화랑!"

나는 설화랑을 불렀다. 방아쇠를 당기려던 설화랑이 나를 돌아보았다. 나는 아무 말도 하지 않았다. 내가 무슨 말을 해야 할지는 알고 있다. 그렇지만 입을 열면 안 된다는 것도 알고 있었다. 입을 열어 그 말을 하는 순간 나는 사슴에게 또 은혜를 베풀게 되고, 그 다음은 악몽의 반복이다. 오직 설화랑이 내 뜻을 짐작해 주기를 바랄 수밖에 없었다.

설화랑은 나에게서 고개를 돌린 뒤 더는 나를 바라보지 않았다. 대신 더 이상 총으로 사슴을 겨누지 않았다.

"네 목숨을 거두지 않겠다."

사슴은 눈을 휘둥그레 떴다. 사슴이 아는 설화랑은 요괴를 살려 보낸다는 생각은 결코 하지 않는 존재였다.

잠시 뒤, 설화랑은 나지막이 말했다.

"내 너에게 은혜를 베푸는 것이다."

내가 바랐지만 입 밖으로 꺼내지 못한 말을 설화랑이 알아차렸다. 그걸 한자성어로 '불감청 고소원'이라고 했던가.

"은인인 내가 너에게 바라는 바는……."

설화랑이 한 마디 한 마디 힘을 주어 똑똑히 말했다.

"두 번 다시 인간 세상에 모습을 보이지 않는 것이다."

보은. 은혜를 갚는 일. 그것이야말로 사슴의 전부다. 서민영에게 그랬듯, 나에게 그랬듯, 창귀를 기르는 형에게 그랬듯 이제 사슴은 무슨 수를 써서라도 설화랑의 말을 지켜야 한다.

절망으로 물들어 가는 사슴을 두고 설화랑은 발걸음을 돌렸다.

정면으로 나를 바라보며 눈빛으로 나에게 물었다.

'이제 되었느냐.'

나는 웃으며 끄덕였다. 그렇지만 설화랑은 웃고 있지 않았다.

31

이별 ①

"주인님! 승전보를 가지고 돌아오셨군요!"

비형이 기뻐서 방방 뛰었다.

"사슴을 쓰러뜨리셨군요! 그러니까 이렇게 살아 돌아오신 거죠. 그렇지 않았으면 주인님께서 목숨이나 부지하셨겠어요? 다행이에요! 무려 위험 등급 갑종을 처치하셨으니 교단에서도 주인님을 인정……."

아무리 불꽃이라도 떠드는 모습이 꼴불견이라는 생각은 나만한 게 아닌 듯했다. 설화랑은 비형을 무시하고 또 다른 나에게 다가갔다.

계곡에 누워 있는 것은 나, 정확하게 말하자면 내 시신이다. 호수의 노인이 준 두 개의 항아리 중 은항아리에는 알약이 담겨 있었고, 그걸 먹는 순간 이렇게 되었다. 나는 죽고 혼백만 빠져나와 설화랑 근처에서 떠돌고 있다.

아까는 혼백이 되자마자 설화랑에게 불려 가서 사슴과 대치하는 바람에 실감이 나지 않았다. 이제는 실감이 난다. 나는 진짜 죽었고 혼이 되어 떠돌고 있다. 갑자기 울고 싶어졌다.

"이제 어떻게 하지?"

설화랑은 천천히 내 옆에 앉았다.

"영영 죽은 채로……."

"어찌하여 은항아리부터 열었느냐?"

설화랑이 내 옆에 놓인 두 개의 항아리 중 금항아리를 들었다.

"항아리들에 무엇이 들었는지는 너도 몰랐을 터인데."

"좋은 소식이랑 나쁜 소식이 있으면 나쁜 소식부터 듣고 싶더라고."

설화랑은 나를 빤히 쳐다보았다.

"금이랑 은이랑 두 개가 있으면 은부터 여는 게 낫지 않을까 싶었지."

"총명하구나."

태어나서 처음으로 들어 본 말에 나는 혼백 상태로도 어안이 벙벙했다.

"금부터 열었다면 큰일 날 뻔하였다."

설화랑은 금항아리를 열었다. 놀랍게도 그 안에는 은항아리에 있던 것과 똑같은 알약이 들어 있었다.

"이건 도대체 무슨……."

설화랑은 대답 대신 가만히 누운 내 시신의 입에 알약을 넣어 주었다. 그러자 갑자기 눈앞이 깜깜해지고, 강한 물살에 휩쓸려 어딘가로 흘러가는 느낌이 들었다.

"어? 내가 다시…… 살아났네?"

나는 누워 있던 몸을 벌떡 일으켰다. 이제 몸은 더 이상 투명하지 않았다. 나를 잡아당기는 중력이 똑똑히 느껴졌다. 손을 쥐었다 폈다 해 보았다. 일어나서 통통 뛰어 보았다. 나는 정말로 다시 살아났다.

"이런 놈은 그냥 죽인 채로 데리고 다니면서 부리는 게 낫지 않았을까요, 주인님?"

비형이 얄미운 소리를 지껄였지만, 나는 전혀 신경이 쓰이지 않을 정도로 기뻤다.

"은항아리에 든 게 죽이는 약이었고 금항아리에 든 게 살리는 약이었어! 일단 죽어서 사슴에게 치명타를 가한 다음 다시 살아나는 식으로 상대하라는 뜻이었구나. 어? 잠깐! 호수의 노인은 설마, 이 모든 걸 다 알고 있었을까?"

"그는 '특급'이니까."

설화랑이 아무렇지 않다는 듯 대답했다. 그녀는 몹시 수척해 보였다.

"특급?"

"처치 불가능한 등급을 말한다."

사슴보다도 더 위험하고 강한 요괴라니.

"그래서 비형이 겁먹었구나."

그제야 나는 비형이 동굴에 안 들어가려고 했던 이유를 알 것 같았다.

"뭐야? 이놈이 감히 누구에게 입을 함부로 놀리는 것이냐!"

"겁먹었던 거 맞잖아!"

비형이 활활 타올랐으나 나는 전혀 무섭지 않았다. 무서워하기에는 비형이 이제까지 보여 준 비루한 모습이 너무 많았다.

"그렇다고 하더라도 언젠가는 처치할 것이다."

우리 둘의 입을 다물게 만든 것은 설화랑의 나직한 목소리였다.

"요괴인 이상 언젠가 반드시."

나는 설화랑을 보았다. 안색이 창백하고, 중심을 제대로 잡지 못해 휘청이며 서 있었다. 내가 호수의 노인과 만나는 동안 그녀 혼자서 사슴과 맞서 싸웠을 것이다. 내가 성공할지 어떨지 모르는 채로 승산이 희박한 상대와 맞붙었다.

"뭐 하나만 물어봐도 될까?"

설화랑은 절대로 눈에 힘을 풀지 않았다. 조용히 불타오르는 그녀의 눈을 보고 나는 궁금한 것이 생겼다.

"너도 그러니까…… 인간이 아니지? 반인간이라고 하던데, 비형이."

"야! 어디서 조잘조잘 고자질을……."

비형이 불길을 키우려다 말고 식겁했다.

"아, 아니! 이게 아니지! 주인님, 아니에요! 저는 주인님이 반인간이고 인간과 귀신 사이에 생긴 아이라는 말은 단 한마디도……."

인간과 귀신 사이에 생긴 아이. 혼백을 부리는 설화랑의 능력과 그녀의 머리에서 돋아나던 신비한 은색 머리카락이 생각났다.

"괘념치 않느니라. 이리 많은 일이 있었는데 이제 와서 무얼 숨기겠느냐. 맞다. 나는 반은 인간이자 반은 인간이 아닌 자. 경계에 갇혀 끝없이 방황하는 존재이니라."

너무 현실감이 없었다. 설화랑의 태도는 전혀 변함이 없지만, 입에 담기에는 너무나도 중요한 이야기였다.

"그렇다면 왜 요괴를……."

반만 인간이라면 왜 요괴를 처치하고 다니는 걸까. 평범한 인간보다 오히려 요괴 쪽 입장이나 심정을 더 잘 이해할 것 같은데.

"바로 그래서다. 반은 인간이고 반은 그렇지 않기에. 경계 너머에 사는 존재들이 인간과 얼마나 다른 존재인지도 잘 알고, 인간에게 얼마나 공포스러울 수 있는지도 누구보나 잘 이해하기 때문이니라."

설화랑의 대답은 다소 애매모호했다. 그녀에게서 그 이상의 대답을 들을 수는 없었다. 우리는 아직 그런 이야기를 주고받을 정도로 신뢰가 쌓인 사이는 아니니까.

"한때는 나도 온전한 인간이 되고 싶었다."

설화랑은 내가 들어갔던 계곡의 동굴을 바라보았다.

"그래서 호수의 노인을 만났지."

"너도 만났어? 그런데 어째서……."

왜 아직도 온전한 인간이 아닌 반인간으로 머무는 것일까. 호수의 노인은 요괴라서 잔인하고 심술궂지만, 그래도 원하는 건 반드시 내주는 존재다. 비록 자신의 가장 소중한 것을 바치는 시험을 통과해야 하지만.

"너는 호수의 노인이 내는 시험을 통과하지 못한 거야?"

금항아리가 네 것이냐, 은항아리가 네 것이냐, 아니면 이 초라한 항아리가 네 것이냐. 기괴한 음성이 아직도 귓가에 울려 퍼지는 듯했다.

설화랑이 나를 바라보았다. 그리고 놀랍게도 웃었다. 그녀에게서 처음 보는 미소였다.

"늦었구나. 집에 데려다주마. 교단에서 임시 거처를 마련해 주었다는구나. 가족들도 거기로 와 있을 게다."

"서둘러! 멍청아!"

비형이 재촉하듯 내 뒤에서 불길을 확 키웠다. 나는 발걸음을 옮기는 대신 한참을 주저하다가 설화랑에게 물었다. 아니, 물었다기보다 부탁에 가까웠다.

"저 혹시…… 나도 교단에 들어갈 수 있을까?"

"……."

발걸음을 돌리려던 설화랑이 나를 빤히 바라보았다. 어느새 얼굴에서 미소는 사라지고 차가운 눈빛만 남았다.

"뭐? 이 멍청이가 무슨 소리를 지껄이는 거야?"

잔뜩 화가 난 비형이 답했다.

"진짜 등신 중의 상등신일세! 요괴들이 얼마나 무서운 존재인지 똑똑히 알았을 텐데, 너처럼 모자란 인간이 그들과 맞서 싸우겠다고? 분수를 알아라, 이 멍청아!"

"나도 그건 알아! 하지만!"

나는 간절하게 설화랑을 보았다.

"이제 선택의 여지가 없잖아. 너무 많은 일이 있었고 너무 많은 걸 알게 되었어. 이 모든 걸 겪고 다시 평범한 학생으로 돌아가라니…… 무리라고."

설화랑은 아무 대답도 하지 않았다.

"나, 이번에 도움이 많이 되었잖아! 마지막 순간에 사슴을 상대할 때도 그렇고. 이 일을 꽤 잘할 수 있을 것 같아. 그러니까……."

"특별해지고 싶은 것이냐?"

설화랑이 물었다.

"어?"

"사슴을 서민영으로 알고 있을 무렵, 너는 네 모든 걸 걸고 서민영을 지키려 했지. 평범하고 재주 없던 자가 특별한 존재가 된 모습을 동경해서라고 했다. 맞느냐?"

"……."

불과 얼마 전에 있었던 일인데 한참 과거의 이야기를 하는 것만 같았다.

"서민영을 완전히 잃고 나니, 이제는 너 스스로가 그런 존재가 되어 보고 싶은 것이냐?"

"아니……."

"그게 아니라면, 이 일을 겪고도 요괴들과 엮이고 싶다는 이유가 설명되지 않는구나."

나는 말을 잃었다. 어째서인지 억울하고 화나고 분했다. 그런데 또 어째서인지 단 한마디도 반박할 수 없었다.

"그, 그래도…… 말했잖아. 이제 와서 아무 일도 없던 척 평범하게 살 수는 없다고. 나보고 어쩌라는 거야."

"걱정 말거라."

설화랑이 어느새 내 앞으로 다가왔다.

"분명 다시 평범해질 수 있다. 요괴의 존재도 모르는 세상에서 너에게 일어난 일을 어떻게 알겠느냐."

"모를 리가 없어. 그 난리가 났는데."

"그리고."

설화랑이 내 말을 끊었다. 나는 오늘만 두 번, 그녀의 미소를 보았다.

"평범한 것이 꼭 나쁘지만은 않다."

이야기는 여기서 끝이라는 의사가 분명히 전해졌다. 나는 화가 나서 소리쳤다.

"웃기지 마! 다시 평범해질 수 있다고? 우리 엄마와 아빠, 동생을 생각해 봐! 가족한테 뭐라고 해야 하냐고!"

"어디서 또박또박 말대답을……."

"좀 닥쳐, 비형!"

닥치라는 말을 나한테 들어서 어지간히 놀랐는지, 비형은 성냥

개비 크기로 줄어들었다.

"대답해 봐! 이제 와서 나한테 어떻게 평범하게 살라는 거야? 응?"

침묵이 흘렀다. 설화랑은 대답이 없었다. 알고 있다. 배은망덕이라는 걸. 애초에 사슴을 숨겨 줘서 이 사달을 불러온 장본인이나다. 그런 나를 구해 준 이가 설화랑이다. 나는 은인에게 생떼를 쓰고 있다.

"알겠다."

그럼에도 설화랑은 여전히 웃고 있었다.

"다만, 찬찬히 생각해 보거라. 일주일 주마. 그 후에도 여전히 교단에 들어와 요괴와 싸우고 싶다면……."

그녀는 품에서 조그만 플라스틱 통을 꺼냈다. 손가락 정도 크기였다.

"이걸 마시고 비형을 부르거라."

"이, 이게 뭔데?"

플라스틱 통 안에 액체가 들어 있었다.

"내가 호수의 노인에게 받은 것이다."

호수의 노인이 낸 시험을 통과하지 못한 게 아니었나?

"지금의 나를 만든 약이지."

설화랑은 내 손을 잡고 그 약을 소중히 쥐여 주었다.

"네 대답을 기다리고 있으마."

손은 차가웠지만, 어째서인지 따뜻함이 전해져 오는 것 같았다.

나도 설화랑을 향해 웃어 주었다.

"기대하고 있어. 꼭 네 곁에 설 거야."

마지막 말은 안 하는 게 나을 뻔했다고 바로 후회했다.

32

이별 ②

일주일이 흘렀다. 내 앞에는 설화랑이 준 플라스틱 병이 놓여 있다. 그 안에 담긴 액체가 달빛을 받아 찬란하게 빛났다. 새로 이사 온 임대 아파트는 고층이라 밤하늘이 잘 보인다.

드르렁, 새액새액. 가족들이 코 고는 소리가 들린다. 이전에 살던 곳보다는 작게 들린다. 각자 자기 방이 있어서 그런지도 모르겠다. 이 좋은 집은 교단에서 줬을까? 아마 그랬을 것이다.

엄마도 아빠도 동생도 돌아온 나에게 아무 말 하지 않았다. 아무것도 묻지 않았다. 마치 아무 일도 없었다는 듯이 평소처럼 생활하고 있다. 새로 이사한 집도 청약에 당첨된 거라고 말하고 다닌다. 교단에서 입단속을 시킨 걸까, 아니면 충격적인 일을 잊으려고 현실을 외면하는 걸까.

어쨌거나 나는 결심했다. 일주일이 흘렀지만 마음은 변하지 않았다. 나는 교단에 들어가 요괴와 싸울 것이다.

설화랑이 준 플라스틱 병 뚜껑을 열고 그 안에 든 액체를 꿀꺽 삼켰다. 평범한 물맛이다. 조금 끈적거리기는 했다. 이걸 마시면 나도 설화랑처럼 신비한 힘을 얻고 반인간이 될까? 물어보면 될 것이다. 설화랑은 이걸 마시고 비형을 부르라고 했다.

"비형……."

그 이름을 입에 담자마자 똑똑똑 창문 두드리는 소리가 났다. 이제 막 부른 참인데 놀라워하면서 돌아본 순간, 온몸에 소름이 돋았다. 나는 순간 휘청하며 자리에 주저앉았다.

"넌……."

"처음 만난 날 밤이 떠오르네."

우지직. 걸쇠가 부서지며 창문이 열렸다. 찬 바람이 방 안으로 파고들었다.

"그때 넌 날 참 반갑게 맞아 줬는데."

방 안으로 들어선 자는 내 얼굴로 내 목소리를 냈다. 세상에 내가 둘일 리는 없다. 그러니까 분명 사슴이다.

"나, 나한테 앙갚음하러 온 거야?"

헐떡이며 간신히 꺼낸 말에 사슴은 나를 빤히 바라보았다. 곧 몹시 슬픈 표정을 지었다. 내 얼굴로 그런 표정을 지을 수 있다는 걸 처음 알았다.

"아니."

사슴은 창문을 도로 닫았다.

"은인이 나에게 두 번 다시 인간 세상에 모습을 보이지 말라고 한 이상, 그러려고 해도 그럴 수가 없지."

"그럼 여기는 왜 왔는데?"

"물어보고 싶은 게 있어서."

사슴은 창턱에서 내려왔다. 나한테서 몇 걸음 떨어지지 않은 거리다. 나는 뒤로 물러나다가 벽에 부딪쳤다. 부디 설화랑과 비형이 빨리 와 주기를 바랐다.

"그렇게 내가 무섭니? 어째서?"

사슴의 목소리는 굉장히 슬퍼 보였다.

"내가 네 행세를 하며 돌아다녀서? 너를 특별하게 만들어 주려고 했던 건데. 너도 원했잖아."

사슴은 나를 바라보았다.

"아니면 네가 원하는 게 따로 있었니? 내가 은혜 갚을 방법을 잘못 알았던 거야? 부디 그것만이라도 알려 줘."

그러더니 갑자기 무릎을 꿇었다.

"제발. 그게 궁금해서 빌어먹을 설화랑의 명령도 어기고 이렇게 온 거야. 난 지금 몹시 괴로워. 나 스스로를 잃을 것 같아."

사슴의 목소리는 간절했다. 나는 망설였다. 대답해 줘도 될까? 사슴에게 함부로 속 깊은 이야기를 꺼냈다가 겪어야 했던 일들이 떠올랐다. 하지만 내가 대답해 주지 않으면 절대 이 방에서 나가지 않을 기세다. 나와 똑같은 모습을 한 또 다른 나와 마주 보고 있는 것만으로도 굉장히 부담스러웠다. 설화랑이 사슴에게 은혜를 베풀었으니 약속은 반드시 지킬 것 같았다. 무엇보다, 사슴에게 꼭 해 주고 싶은 말이 있었다.

“네가 멋대로 내 행세를 하고 다니며 벌인 말도 안 되는 짓들. 분명히 그것도 원인이야. 하지만 그게 가장 중요하지는 않아.”

사슴의 눈이 커졌다. 상체를 내 앞으로 내밀었다. 나는 더 뒷걸음 치려다가 발뒤꿈치를 벽에 박고 말았다. 진정하자. 곧 설화랑이 올 것이다.

“중요한 건 네가 서민영한테 한 짓이야.”

“아아. 어쩐지.”

아주 찰나였다. 순식간에 사슴은 서민영 모습으로 변했다.

“역시 서민영 때문이었구나.”

“그 모습으로 변하지 마!”

화가 나서 나도 모르게 목소리를 높이고 말았다.

“조용히 해. 부모님 깨시겠다.”

사슴이 서민영의 모습으로 입에 검지를 가져다 대는 걸 보고 더 화가 났다. 저 모습으로 다정하게 나를 배려하려는 모습 따위 보고 싶지 않았다. 지독하게 조롱당하는 기분이 들었다.

“넌…… 서민영을 죽였어. 그렇지?”

“아니야. 서민영은 스스로 목숨을 끊었어.”

“너 때문이잖아!”

나는 또 소리를 질렀다. 가족들이 깰지도 모른다는 걱정 따위는 머릿속에서 사라진 지 오래였다. 사슴의 얼굴에서 죄책감이라고 는 보이지 않았다.

"서민영은 너하고 많이 비슷했어. 실력도 없고 그리 부지런하지도 않았는데, 인기를 얻고 세상에 이름을 날리고 싶어 했어. 은혜를 갚고 싶으니 소원을 말해 달라는 나한테 분명히 말했어. 한 번만 뜰 수 있다면 소원이 없겠다고."

"그리고 너는……."

내 목소리는 차갑게 가라앉았다.

"나한테 했듯이 똑같은 짓을 서민영한테 했구나?"

"맞아. 그렇게 싫어할 줄 몰랐어. 아직도 이해가 안 가."

"넌 이해할 수 없을 거야."

나는 쏘듯이 말했다.

"넌 꽤나 멍청한 거 같아. 서민영이 스스로 목숨을 끊는 걸 보고도, 설화랑과 교단에게 쫓기는 신세가 되었으면서도 나한데 똑같은 방법으로 은혜를 갚으려 들다니."

"멍청하다기보다……."

사슴의 어조는 굉장히 침착했다.

"인간을 이해 못 한 거지. 어쩌면 요괴인 나의 한계가 아닐까? 나는 다른 요괴들과 다르게 인간을 잡아먹거나 놀리거나 해를 끼치려고 한 적은 없어. 그런데도 항상 이렇게 꼬여 버리니."

"언제까지 그 모습으로 있을 거야?"

냉정하게 비아냥대려고 했는데 결국 또 언성을 높이고 말았다. 나는 이렇게 화가 나는데 사슴이 전혀 동요하지 않는다는 사실이 너무 분했다.

"아무리 요괴라지만 너 때문에 세상을 등진 인간의 행세를 하
면서 정말 아무렇지도 않아? 내가 서민영을 좋아한다고 했을 때
도대체 어떤 기분이었어?"

"아무렇지도 않았어. 오히려 내 은인인 네가 '서민영 모습을 한
나'를 좋아해서 기뻤지."

사슴의 어조는 여전히 차분했다.

"왜 네가 서민영 때문에 나에 대한 태도를 손바닥 뒤집듯 바꿨
는지 이해가 안 가. 네가 좋아했던 서민영은 지금 네 눈앞에 있는
바로 나야. 네 말대로 열심히 노력하고, 악플에도 기죽지 않고, 꿋
꿋하게 포기하지 않고 보란 듯이 성공한 서민영은 바로 나였다고.
네가 말하는 진짜 서민영은 그럴 끈기도 인내심도 없었어."

"그만해!"

나는 너무 화가 난 나머지 벽을 쾅 쳤다.

"네가 요괴로서 정체를 감추고 인간들 사이에서 아등바등하며
연예계에서 성공하려 했다면 상관 안 했을 거야. 그런데 나한테
희망과 용기를 줬던 서민영이 사실 그런 사람이 아니었다고? 서
민영이라는 아이돌을 최애로 응원했던 내 모든 시간이 부정당한
기분이야."

사슴은 입을 벌리고 멍하니 나를 보았다. 더 이상 나를 말릴 생
각도 없는 듯했다.

"그렇게 해석하는구나, 인간들은."

"그뿐만이 아니야."

내 볼을 타고 눈물이 흘러내렸다.

"나는 너 때문에 진짜 서민영의 시신을 봤어. 게다가 호수에 사는 요괴한테 그 유골을 빼앗겨야 했어! 너랑 똑같은 놈한테! 네가 나한테 하는 짓을 막으려고!"

사슴은 더 이상 아무 말도 하지 못했다.

"이런데도 왜 내가 너를 미워하는지 아직도 이해가 안 가?"

침묵이 흘렀다. 한참 뒤, 사슴의 입이 열렸다.

"그랬구나."

그 입에서 나온 말은 내 기대와 완전히 달랐다.

"죽은 네가 어떻게 다시 살아났는지 궁금했는데, 그랬구나. 호수의 노인 덕분이구나. 뭔지 모르지만 나를 상대할 무기를 너한테 준 거였구나."

사슴은 봄을 일으켰다. 달빛을 받으며 선 서민영의 모습은 오디션 프로그램 마지막 회에서 내가 간절히 응원하던 그때 그 모습 같았다. 그러나 이제 안다. '진짜' 서민영이 아니라, 은혜를 갚기 위해서라면 수단과 방법을 가리지 않는 잡종 요괴일 뿐이라는 것을. 이제는 공포 말고 다른 감정은 느껴지지 않았다.

"가까이 오지 마. 신호를 보냈어."

설화랑이 준 약은 분명히 먹었다.

"곧 설화랑이 올 거야."

"아무 짓도 안 해."

기분 탓일까. 사슴의 목소리는 한결 후련한 느낌이었다.

"우리 사이에 무슨 일이 있건 너는 내 은인이니까."

"그럼 당장 그 모습부터 바꿔."

"그럴게. 무슨 모습으로 바꿀까? 네 모습도 싫을 거 아니야."

당연했다. 나는 말없이 사슴을 노려보았다.

"내 본래 모습이라도 괜찮아?"

내가 뭐라고 대답할 사이도 없이 서민영의 피부가 벗겨졌다. 키는 쪼그라들고 허리는 굽어지고 피부는 생선처럼 시퍼렇게 변했다. 온몸에서 우둘투둘 따개비 같은 것들이 돋아났다. 머리카락은 전부 빠지고 관자놀이와 후두부에서 수초처럼 질척거리는 긴 털들이 자라났다. 눈꺼풀이 뿌드득 소리를 내며 위로 말려 올라가고, 눈동자가 얼굴의 반을 차지할 정도로 커졌다. 거무튀튀해진 입술이 앞으로 튀어나오며 톱날 같은 이빨을 드러냈다. 머리 위에는 늘씬한 두 개의 뿔이 돋아났다. '사슴'이라는 이름과 어울리는, 그 얼굴에서 유일하게 아름다운 부분이었다. 나머지는 정말 눈을 돌리고 싶을 정도로 추했다.

"역시 이 모습은 싫지?"

나도 모르게 외면하고 있었다.

"미안해. 잠깐 기다려."

기다리고 뭐고 할 것도 없다. 빨리 내 눈앞에서 사라졌으면 좋겠다는 생각뿐이었다.

"응? 그런데 이 냄새……."

어느새 다시 서민영의 모습으로 돌아온 사슴이 킁킁거렸다.

“너, 나와 만나기 전에 뭘 마셨니?”

“당장 사라지라고! 설화랑은 왜 안 오는 거야?”

“설마 너, 설화랑한테 받은 걸……”

“가라고! 이미 신호를 보냈어. 어서 안 가면 설화랑한테 다 말할 거야.”

“마셨구나.”

“다음에 혹시라도 만나면 우린 적이야! 난 이제부터 너희 같은 요괴를 사냥할 테니까!”

갑자기 사슴의 얼굴에서 표정이 사라졌다. 꼭 처음 보는 사람처럼 나를 바라보았다. 알 수 없는 변화에 덜컥 겁이 났다. 그런데 사슴은 오히려 나로부터 천천히 멀어져 창가로 올라갔다.

“이제 우리가 다시 만날 일은 없을 거야.”

사슴은 달빛을 받고 서 채 나를 보며 말했다.

“마지막으로 이 말만 할게. 그때 나를 도와줘서…… 정말로 고마워.”

그때 방문 두드리는 소리가 났다.

“왜 이렇게 시끄럽니?”

엄마가 졸린 얼굴을 하고 들어오셨다.

“아, 어, 엄마. 그게…….”

“창문은 왜 열고 있어? 안 추워?”

엄마 말대로 살이 에이는 겨울밤의 바람이 고스란히 들어오고 있었다. 내가 왜 창문을 열어 놨지? 바보처럼.

"공부하면서 졸릴까 봐 그랬구나. 열심히 하는 것도 좋지만 이제 그만 자."

엄마는 부드럽게 웃으며 내 머리를 쓰다듬었다. 그러고 보니……
왜 이 시간까지 깨어 있었을까?

"너무 늦게까지 공부하지 말고."

엄마 말대로 공부하고 있었나? 책상 위에는 아무것도 없는데.

"파이팅, 우리 아들."

방문이 닫혔다. 나는 천천히 의자에 앉아 혼란스러운 머릿속을 정리하려 애썼다. 오늘 학교에서 돌아와서……. 여기까지는 알겠는데, 그다음에 뭘 했더라? 분명 일주일 정도 전부터 뭔가를 기다리고 있었던 거 같은데.

나도 모르겠다. 아무리 노력해도 기억이 나지 않는다. 그저 마음 한구석이 헛헛했다. 아주아주 중요한 무언가를 잊어버린 것만 같다.

그게 뭐였더라…….

에필로그

"괜찮으시겠어요, 주인님?"

비형은 황병찬이 사는 아파트를 올려다보는 설화랑에게 걱정스러운 듯 물었다.

"호수의 노인으로부터 받은 비약을 넘기신 거죠?"

"그렇다."

설화랑은 자신이 어떻게 호수의 노인을 알고 있는지 황병찬에게 알려 주지 않았다.

"왜 호수의 노인은 주인님께 사람의 기억을 지우는 약을 준 걸까요? 그것도 요괴와 관련된 기억만."

설화랑은 은항아리 시험은 통과했다. 은항아리는 자신의 것이 아니라고 솔직하게 대답했다. 그러나 금항아리 시험은 통과하지 못했다. 그 안에 요괴들을 모조리 쓸어 버릴 무기가 있을지도 모른다고 생각하니 참을 수가 없어서 금항아리가 자신의 것이라고 거짓말을 했다. 호수의 노인은 그런 설화랑을 비웃으며 설화랑의 가장 소중한 것을 빼앗은 대가로 겨우 은항아리 하나만 내주었다. 은항아리에 가득 담긴 것은 약이었다.

호수의 노인을 믿을 수 없었던 설화랑은 자신을 잡으러 온 교단의 추격자에게 시험 삼아 약을 먹여 보았다. 그 결과 요괴와 관련된 기억만 깨끗이 지우는 약이라는 걸 알게 되었다.

"내가 바라던 바를 준 것 아니겠느냐. 약을 마셨다면 나는 기억을 잃고 온전한 인간인 척하며 살 수 있었을 테니."

"그렇다면 주인님, 어째서 직접 복용하지 않으시고……."

"시험에서 떨어진 순간 깨달았기 때문이다."

설화랑이 주먹을 굳게 쥐었다.

"내가 진정으로 바라는 건 온전한 인간이 되는 게 아니라 요괴를 쓸어 버리는 일이라는 사실을."

설화랑은 인간의 기억을 지우는 힘을 가지고 그녀를 사냥하려 들던 교단과 거래해 그들이 부리는 사냥개가 되었다. 비정하고 무도한 교단이 반쪽만 인간인 설화랑을 살려 둔 이유는 혼백을 부리는 재주 때문이 아니었다. 그녀를 대신할 수 있는 추격자도, 그녀를 제거할 수 있는 추격자도 얼마든지 있다. 교단이 설화랑을 살려 둔 이유는 그녀가 요괴와 관련된 기억을 지울 수 있기 때문이었다. 요괴의 존재를 은폐하려는 교단에게 이 정도로 훌륭한 인재는 또 없었다.

"그러면 더더욱 비약을 함부로 쓰면 안 되잖아요, 주인님. 약이다 떨어지면 교단은 정말 주인님을 제거하려 들 텐데요."

비형의 물음에 설화랑은 대답하지 않았다.

"이번에도 너무 위험했어요. 교단의 일에 끼어들어 애송이를 구해 주다니."

"요괴로부터 인간들을 보호하는 것이 내가 하는 일 아니더냐."

"사슴의 목이라도 들고 갔으면 교단도 할 말이 없었을 텐데. 왜 사슴한테 다시는 나타나지 말라고 하셨어요? 그냥 죽으라고 한마디만 하시지. 멍청한 인간의 부탁을 들어주느라 그러신 거죠?"

"나는 교단과 다르기 때문이다."

설화랑의 머리에서 은빛 머리카락이 돋아났다.

"인간의 몸뿐만 아니라 마음도 지키고 싶다. 이제부터라도 부디……."

설화랑은 마지막으로 소년의 방을 올려다보았다.

"소년이 평범한 생에 감사하며 살기를 바란다. 두 번 다시 요괴와 엮이는 일 없기를."

그러고는 발걸음을 돌려 도약했다.

보이지 않는 혼백들과 도깨비불이 그녀를 따라 철새처럼 밤하늘로 날아올랐다.

작가의 말

　어릴 적에 저는 전래 동화가 좋았습니다. 다만, 주인공보다는 거기 나오는 초현실적 존재들이 더 좋았습니다. 흥부에게 박을 물어다 준 제비, 금도끼와 은도끼를 가진 산신령, 오빠를 잡아먹으려 한 여우 누이, 방귀쟁이 며느리의 방귀, 백 개의 간을 먹으면 인간이 되는 구미호, 우렁 각시……. 그들이 어디서 왔는지, 어떤 생각을 하면서 살아가는지도 궁금했습니다. 그들은 결코 인간과 같아질 수 없는 존재들이었죠. 금도끼와 은도끼가 주인공의 것이 아니라는 사실을 누구보다 잘 알면서도 네 것이냐고 물어봤던 산신령은 도대체 무슨 생각이었을까요? '저놈이 거짓말을 하자마자 도끼를 모두 빼앗아 버리는 거야. 그러면 어떤 표정을 지을까? 아아, 기대된다.'라며 속으로 웃고 있지는 않았을까요? 그런 설화 속 존재들이 무섭기도 하지만, 이상하게도 마음이 갔습니다.

　요즘 세상에 이런 존재들이 있다면 어떤 모습으로 살아갈까요?

216

이 이야기는 그런 상상에서 출발했습니다. 그러자 가장 먼저 궁금했던 것이 바로 '은혜 갚은 사슴'이었습니다. 사슴은 사냥꾼으로부터 목숨을 구해 준 나무꾼에게 보답으로 선녀들이 목욕하는 곳을 알려 주고, 날개옷을 훔치라고 일러 주죠. 사슴 때문에 선녀는 억지로 나무꾼 곁에 남아 아이 셋을 낳을 때까지 하늘로 돌아가지 못했습니다. 은혜를 이런 식으로 갚을 수도 있구나 하고 충격받았던 기억이 생생합니다.

우리에게 익숙한 이야기지만, 저는 사슴이 왜 그런 행동을 했을까 생각해 봤습니다. 사슴의 보은(報恩)은 제 머릿속에 오래 남았고, 답을 찾기 위해 이야기를 쓰기 시작했습니다. 은혜를 갚은 사슴은 선한가, 아니면 잔혹한가. 인간을 해치는 괴물인가, 아니면 인간의 욕망을 비추는 거울인가. 이야기를 쓸수록 점점 눈앞에 그림이 그려졌습니다. 이 존재들이 먼 옛날 산속이나 호수 아래로 사라지는 대신, 우리의 일상 속에서 모습을 바꾸어 살아가고 있는 그림이요. 사람들 틈에 섞여 휴대폰을 보고, 편의점에 들러 컵라면을 먹고, 버스에 앉아 창밖을 바라보며 살고 있을지도 모르죠. 때로는 친절한 얼굴로, 때로는 냉담한 눈빛으로, 때로는 아무 생각 없이 말입니다.

우리는 이런 존재를 어떻게 받아들여야 할까요? 우리와 완전히 다른 가치관을 지닌 존재를 과연 받아들일 수 있을까요? 이 작품에 나오는 인간들은 나름의 명확한 답을 가지고 있습니다. 그들은 결국 '다름'을 받아들이는 방법을 찾아낸 사람들입니다. 하지만 그들의 답이 반드시 정답이라는 법은 없습니다. 이야기를 다 읽고 나서, 잠시라도 주변을 둘러보며 생각해 보셨으면 좋겠어요.

'혹시 내가 모르는 세계가 바로 내 곁에 있을지도 몰라.'

'나도 누군가에게는 조금 낯선 존재일지도 몰라.'

이 작품을 통해 그렇게 서로를 바라보는 마음을 전하고 싶었습니다.

마지막으로 이 책이 세상에 나올 수 있도록 도와주신 모든 분들께 마음 깊이 감사드립니다. 부족한 저를 믿고, 걱정하고, 응원해 주신 부모님 그리고 누구보다 든든한 동생에게 먼저 고마움을 전합니다. 또한 이 작품이 세상에 나올 수 있도록 애써 주신 위즈덤하우스 편집부에 깊은 감사의 마음을 드립니다. 여러분의 믿음과 기다림이 없었다면 이 이야기는 세상 밖으로 나오지 못했을 거예요.

요괴와 사람이 함께 살아가는 세상.

그 이야기를 믿어 주신 모든 분들께 마음 깊이 감사드립니다.

2026년을 맞이하며, 손장훈

★★★★★
청소년 심사위원단 심사평

나의 가장 소중한 것, 영순위는 무엇일까 생각하게 되는 책. 강주원, 광교호수중학교

보통 착한 동물로 나오는 사슴이 위험한 요괴로 등장한 점이 독특하다.
요괴를 소재로 하는 판타지 소설은 많지만, 이처럼 독특한 결말도 처음이다. 강지민, 용신중학교

요즘 보기 드문 액션 판타지라는 장르를
요괴라는 한국적 요소와 잘 섞은 작품이라 좋았다. 김나언, 두일중학교

세계관이 뚜렷하고, 말 그대로 판타지적인 책이다. 김린경, 성서중학교

청소년들에게 도전 정신과 용기를 줄 수 있는 이야기. 김민성, 서울목동중학교

현실의 그림자 속에서 일어나는 스릴 넘치는 판타지! 김민주, 대송중학교

잘못된 선택과 그것을 되돌려야 하는
또 다른 선택의 연속이 박진감과 기대감을 불러온다. 김범수, 화명중학교

요괴의 은혜 갚기라는 독창적인 이야기가
지루하거나 따분함을 느낄 새 없이 빠르게 전개되어 흥미진진했다. 김송연, 고헌중학교

서로 이해하지 못하고 이해받지 못하더라도
더불어 살아가는 곳이 세상이라는 사실을 깨닫게 해 준 책. 김예은, 문일여자고등학교

다양한 전래 동화와 요괴 그리고 아이돌까지 완벽한 비율로 섞어 만들어 낸,
끝까지 손을 놓을 수 없는 이야기! 김주하, 불암중학교

주체적으로 살아가고, 매순간 선택의 기로에 놓일 수 있는 인간의 삶이
얼마나 가치 있는지 생각하게 해 준 이야기. 김진서, 김해중앙여자고등학교

'특별'이라는 화려함은 '평범'이라는 행복을 잊게 만든다. 나현욱, 김포제일고등학교

없던 독서력을 심어 주는 그야말로 '판타지'에 걸맞은 소설.
이런 상상을 떠올린다는 게 믿기지 않아 책을 덮는 순간 전율이 덮쳤다. **박서현, 고운고등학교**

최애를 처치하려는 반인반요와 그에 맞선 평범한 중학생이 펼치는 K-판타지. **박채원, 풍양중학교**

기브 앤 테이크(give and take). 우리는 서로 주고받는가, 받아서 사는가. **성시후, 신봉고등학교**

단숨에 읽어 버린 책. 흥미로운 주인공 설정과 주제가 마음에 들었다. **손별, 풍양중학교**

'보은'의 진정한 의미에 대해 다시 생각해 보게 하며,
요괴에 대한 재해석이 독보적인 작품. **신지우, 신동중학교**

이토록 무서운 사슴은 처음이다! 은혜를 갚는 것일까, 원수를 갚는 것일까? **양태양, 월촌중학교**

특별함을 바라던 평범한 이기 특별한 사건에 읽히녀
다시 평범함을 되찾기까지 이야기가 곱씹을수록 좋았다. **오아린, 대전관평중학교**

삼산이나마 작품 속 세상에 흘려 든 것만 같고 빠져 나올 수 없었다. **우혜나, 동진여자중학교**

옛이야기를 현대식으로 잘 융합해 낸 퓨전 한식 같은 책. **이은서, 수원북중학교**

'나는 무엇을 위해 험난한 세상을 살아가고 있는가'라는
진중한 물음을 던지는 유쾌 발랄 액션 판타지. **이하연, 동작중학교**

인생의 중요한 시기에 찾아온 '최애'와의 이야기.
최애가 있는 사람들에게 추천한다. **이효윤, 부천중원중학교**

우리나라 견레 동화에 나오는 요괴들을 현내에 살 녹여 내어 더욱 재밌게 읽었고,
잊고 지내던 고전 설화 작품들을 떠올려 볼 수 있었다. **전지우, 전주온빛중학교**

내 삶의 주인은 나야! 흔들리더라도 무엇이 옳은지 알고 있다면
무엇이든 결국 제자리로 돌려놓을 수 있다는 걸 깨달았다. **정채윤, 동항중학교**

복잡하고 기괴하지만 아이러니하게도 따뜻하다. **차해은, 하양여자중학교**

제3회 위즈덤하우스
어린이청소년 판타지문학상 청소년 심사위원단

강주원(광교호수중학교)
강지민(용신중학교)
고나희(석우중학교)
공이현(상명대학교사범대학부속여자고등학교)
권승윤(은여울중학교)
김나언(두일중학교)
김나예(현대고등학교)
김린경(성서중학교)
김민성(서울목동중학교)
김민유(목포혜인여자중학교)
김민주(대송중학교)
김범수(화명중학교)
김송연(고헌중학교)
김수아(학익여자고등학교)
김수아(고양신원중학교)
김아연(대안여자중학교)
김예원(브랭섬홀아시아)
김예은(문일여자고등학교)
김우진(옥포성지중학교)
김주하(불암중학교)
김주혁(거성중학교)
김지민(중산중학교)
김진서(김해중앙여자고등학교)
김하린(대구효성중학교)
김하진(강경상업고등학교)
나현욱(김포제일고등학교)
문주원(광주대자중학교)
문주하(한국삼육중학교)
박민아(서울정신여자중학교)
박서영(브랭섬홀아시아)
박서진(증산중학교)
박서현(고운고등학교)

박서현(용인초당중학교)
박세호(대자중학교)
박소율(남동중학교)
박연서(산울중학교)
박예손(청계중학교)
박지연(영훈국제중학교)
박지후(창일중학교)
박찬희(반송고등학교)
박채원(풍양중학교)
백주아(가재울중학교)
변규미(대영중학교)
서윤지(강명중학교)
성시후(신봉고등학교)
성예림(대자중학교)
성윤진(대자중학교)
손별(풍양중학교)
송선우(노곡중학교)
송유진(과천중학교)
신승연(유가중학교)
신예령(한별중학교)
신지우(신동중학교)
신혜인(성재중학교)
양태양(월촌중학교)
여지우(배화여자중학교)
염혜진(청아중학교)
오아린(대전관평중학교)
오현서(인천구산중학교)
우지인(동진여자중학교)
우혜나(동진여자중학교)
유현지(김포한가람중학교)
윤다인(서울덕수초등학교)
윤수아(신암중학교)

윤은지(상문고등학교)
이가원(강일중학교)
이다인(원묵중학교)
이민정(인천신현고등학교)
이서린(인천신정중학교)
이서연(옥동중학교)
이은서(수원북중학교)
이하연(동작중학교)
이효윤(부천중원중학교)
임서연(서울구암중학교)
임수진(성덕여자중학교)
임채린(한영외국어고등학교)
장정환(경주공업고등학교)
장채원(속초여자고등학교)
전지우(전주온빛중학교)
정다혜(무학중학교)
정서윤(부산동백중학교)
정인후(화곡중학교)
정채윤(동항중학교)
정하윤(분포고등학교)
정희원(서울영상고등학교)
조재관(명덕고등학교)
차해은(하양여자중학교)
최승훈(광주서석중학교)
최예원(원평중학교)
최율(인천만월중학교)
하연주(동진여자중학교)
하태유(인천마장초등학교)
홍수림(흥덕중학교)
황채원(선화예술중학교)

STEP 1.
독자 심사위원 선발

수상작 두 편을 꼼꼼히 읽고 대상과 우수상을 선정해 줄 청소년 심사위원단 120명을 선발했습니다.
청소년들이 보내 준 심사위원에 임하는 각오와 도서 리뷰가 심사위원을 선발하는 기준이 되었습니다.

STEP 2.
위촉증과 수상작 두 편 발송

선발된 청소년 심사위원단에게 위촉증과 수상작 두 편을 전달하며
본격적인 심사가 시작되었습니다.

STEP 3.
작품 함께 읽기

청소년 심사위원단들이 모인 밴드에 날마다 읽을 분량과 함께 질문이 올라오면,
심사위원단이 함께 읽고 질문에 대해 자신의 생각을 남겨 주었습니다.
이렇게 한 주 동안 하나의 작품을 읽고 작품에 대한 감상을 정리했습니다.

STEP 4.
줌 심사 모임

댓글로만 소통하던 심사위원단 친구들과 줌에서 만났습니다. 선생님과 함께 서로
배려하고 경청하며 작품에 대한 이야기를 나누며, 한층 작품에 대한 이해가 깊어졌습니다.
책을 좋아하는 친구들과 함께 책 이야기를 맘껏 나누는 행복한 경험이었습니다.

STEP 5.
별점과 한 줄 평 남기기

함께 읽고 정리한 감상을 토대로 청소년 심사위원단이 직접 각 작품에 대해
별점을 남기고 대상과 우수상을 선택했습니다. 마지막까지 진지하게 작품을 읽고
소중한 한 표를 던져 준 심사위원단에게 감사 인사를 전합니다.

*청소년 심사위원단 신청 방법은 위즈덤하우스 홈페이지 공지사항을 참고하세요.

텍스트 018

최애를 조심하세요

초판 1쇄 인쇄 2026년 1월 2일 　**초판 1쇄 발행** 2026년 1월 14일

글 손장훈
펴낸이 최순영

편집 김선현
디자인 House of Tale

펴낸곳 ㈜위즈덤하우스 　**출판등록** 2000년 5월 23일 제13-1071호
주소 서울특별시 마포구 양화로 19 합정오피스빌딩 17층
전화 02)2179-5600 　**내용문의** 02)2179-5707
홈페이지 www.wisdomhouse.co.kr 　**전자우편** kids@wisdomhouse.co.kr

ⓒ 손장훈, 2026

ISBN 979-11-7171-542-8　43810